노희남 수필집

편도의 여행길

문예출판

인사말

안녕하십니까? 세월의 빠름일까요? 계묘년이 지나고 갑진년에 들어선 지 벌써 6개월이 되었습니다. 옛 어른들 말씀에 세월이 화살 같다더니 엊그제 푸른 싹 봄인가 하였더니 어느새 하늘도 푸르고 자연도 푸른 5월의 녹음 속에 안 기운 듯 마음도 푸르름에 젖어 들어 가는 5월 그동안 어설프게 일기처럼 낙서하듯 한편씩 써 보았던 부족한 글들이지만 한 권의 책으로 엮었습니다. 편도의 여행길이라는 제목으로 5월의 녹음 길에 편승해 보려고요. 잘난 사람 못 난사람이 있듯이 글의 표현에도 잘 쓴 글과 못 쓴 글이 있겠지요. 본 수필집이 후자이겠지만 한걸음 발전을 위한 기상이라 여겨 주시기를 바라며 귀댁의 행운과 더불어 독자님의 건승을 기원 하면서 인사말에 갈음하고자 합니다.

축하 합니다

취당 노희남 시인님은 80 고령에 문학의 길에 들어선 늦깎이 시인으로 출간한 《 노인과 낙엽 》 등을 읽어 보면서 존경하게 되었습니다, 그의 파란만장한 어린 시절 가난에 쪼들려 초근목피로 끼니를 때우고 가난한 농부의 가정에 7남매의 장남으로 태어나 어린 동생들을 등에 업고 들 밭일을 하시는 어머니를 찾아 4km나 되는 거리를 열살 남짓 된 어린 나이에 오가면서 젖을 먹이고 어두워져야 돌아오실 어머니를 대신 저녁밥을 지었다는 과거사를 들어온 저는 나도 모르게 감동의 눈물을 흘리게 되었었다. 그리고 13세 어린 나이에 부모 품을 떠나 재봉 일을 배운 시인은 칠십 평생 옷 수선하는 일로 생활해 오면서 어려서 가난으로 배울 수 없었던 배움에 대한 한이 남아 지금도 여유시간이면 우리 글을 비롯한 외래어까지 생활에 이용하고 있다. 80 고령이지만 요즘은 문화대학을 다니시면서 문학의 높은 수준을 터득해 가면서 시와 수필을 집필하여 여러 권의 시집을 출간 하시였다. 영원한 벗이며 인간 선배이신 취당 노희남 시인의 수필집 출간을 축하하면서 이글을 올리게 됩니다. 좋은 시는 어젯밤 하늘에 찬 가를 받으며 사뿐히 내린 아침 이슬과 같습니다. 그렇게 찾아온 이슬은 양은 많지 않지만, 식물에게 큰 영양분을 줍니다. 한편의 좋은 시는 독자들에게 많은 영향을 줄 수 있으며 때로는 사람을 살리기도 하는 능력을 갖춥니다. 이슬이 아침에 식물을 적셔주는 것과 같이 벗의 좋은 시가 독자들의 마음을 촉촉이 적셔준다면 벗의 좋은 글을 읽는 독자는 생명수를 공급받는 것과 같을 겁니다. 벗님의 글귀에 이 세상 모든 식물을 적셔주는 아침 이슬과 같이 영롱하게 빛을 발휘하기를 독자로써 같은 문인으로'써 기도해 봅니다. 하얀 백지장에 시인님의 숭고하고 인간미 넘치는 좋은 글로 꽉 채워 더 많은 책을 편집하여 주시기를 진심으로 바랍니다.

매송梅松 방윤희

1부 한계는 자신이 정하는 것

2부 참된 삶

3부 약속

4부 백두산 여행

5부 희망의 계절

1부 한계는 자신이 정하는 것

1부 한계는 자신이 정하는 것

행복과 불행

우리가 잠자리에서 일어나 처음 하는 것이 화장실에 가고 세수하는 일이죠. 그런데 세수는 남에게 잘 보이기 위해서 하는 일일까요. 아니랍니다. 날마다 새로운 날로 살고파 아침마다 얼굴을 씻는답니다. 그렇지 않으면 내 눈에 보이지도 않는 얼굴을 매일 씻을 필요도 없겠지요.

머리를 감고 목욕하고 나면 새 옷으로 갈아입고 싶은 생각이 들고 모자에 먼지를 털어서 쓰고 싶지요. 옛말에 업어주면 안아 달라고 하고 서 있으면 앉고 싶고 앉으면 눕고 싶다는 말이 있습니다. 우리는 편안과 욕심이 행복을 멀리하는 불행을 자초한다는 것을 알면서도 편안과 욕심에서 헤어나지 못하면서도 행복만은 누구보다도 더 갈구하고 있습니다.

그런데 욕심과 행복은 반비례하며 욕심을 더하면 할수록 행복은 멀어지고 불행이 찾아들고. 반대로 욕심을 내려놓으면 놓을수록 불행은 멀어지고 행복이 찾아든다. 욕심을 가슴에 안고 예수님 부처님 찾아 먼 길 가는 그것보다 욕심을 내려놓고 눈뜨고 귀 열면 앞이 보이고 가까운 곳에서 아름답고 행복한 소리가 들리지요.

그곳을 찾아가시면 감사하다는 인사와 더불어 예수님 부처님 만날 수 있는 영수증 받아 들고 돌아오는 길, 머리끝에서 발끝까지 가벼운 구름 위 천상의 길이 될 것입니다. 또 언제 어디로 가야 할 꿈과 희망이 생기고 그사이 나도 모르게 행복이란 친구들의 추천으로 예수님과 부처님의 가호가 있을 겁니다.

뭇사람들은 남이 보기에는 돈도 명예도 근심·걱정이 없는 사람처럼 보이지만 깊숙이 들어가 보면 누구에게도 말하지 못하고 마음에 안고 가슴앓이 끝내는 병을 만들면서까지 그래도 울고 싶어도 울지 못하고 행복한 모습인 양 아픔을 등 뒤로 감추면서 혼자만 힘들고 괴로워하는 모습 누구를 위해서일까?

울고 싶을 때 마음껏 울어버리고 짧은 세상 툴툴 털고, 가야인지 하고 생각해 보십시요. 얻는 것이 있으면 잃는 것도 있고 잃는 것이 있으면 얻는 것도 있지 않았던가요 가지고 있는 것으로 행복하고 만족할 줄 알아야지 자기만 힘들고 아픈 줄 알지만, 남들도 말하지 못하고 마음에 담고 있는 그것을 모르는가? 돈이 많은 사람은 근심·걱정 없어 보일 것 같지만 그 나름 더 큰 고통 갖고 있더라. 이래도 저래도 떠날 땐 빈손인 것을 왜 그리 이고 지고 억척들일까? 욕심 내려놓으면 행복이 눈앞일 텐데 우리 서로 남의 고통 나누어지고 웃음으로 극복해 가자고요.

한계는 자신이 정하는 것

(18세기 독일 재상 비스마르크라는 사람 이야기다.)

친구들과 사냥하러 갔다가 한 친구가 숲속에서 길을 잃고 헤매다 늪에 빠져 살려달라고 외쳤습니다.

이를 본 마르크 재상은 총을 꺼내 친구에게 겨누면서 이렇게 말했습니다. 내가 자네를 구하려다가는 나도 죽을 것 같고 또 가만히 놔두자니 자네가 고통스럽게 죽어갈 것 같으니 차라리 내가 총으로 자네를 쏘는 편이 나을 것 같네.

그리고 총을 겨누자, 이 말을 들은 친구는 온 힘을 다해 늪에서 빠져나왔습니다. 마르크 재상은 늪을 빠져나온 친구에게 이렇게 말했습니다. 이보게 친구 내가 총으로 겨눈 것은 자네의 머리가 아니라 자네의 생각이었다네

우리는 태어나서 죽을 때까지 자기 능력을 5%도 못 쓰고 무덤으로 간답니다. 우리는 지금 자기 능력에 비해 너무도 작은 모습으로 살아가고 있는 것입니다. 우리가 할 수 있다고, 믿는 한 우리는 그 어떤 것도 해낼 수 있습니다.

그런데도 당장 힘이 든다. 돈이 없다는 둥 변명으로 일관하고 편안함과 안위 속에서 헤어나지 못하면서 누구보다 불평불만은 더 많고 행복은 남보다 더 작지요. 이해는 아름다운 시작입니다.

인간이 가장 두려워하는 것은 이해가 안 되는 존재라는 말이 있습니다· 이해한다는 것은 서로 간의 관계뿐 아니라 우리의 삶에서 매우 중요한 의미가 있습니다.

이해한다는 말은 작은 말인 것 같지만 사랑한다는 말보다 더 크게 다가올 때도 많습니다. 사랑해도 하나 되기 어렵지만 이해하면 누구나 쉽게 하나가 될 수 있기 때문입니다.

이해라는 단어는 폭이 넓고 깊어 나이가 들어야만 자주 사용할 수 있는 단어입니다. 우리는 이해되지 않는 사람 때문에 너무나 많은 에너지를 소모하고 있습니다. 생각의 폭을 넓히고 다양성을 인정하면 더 많은 사람과 사물과 사연을 이해할 수 있습니다.

인생무상

　세상에 올 때는 혼자서 울며 왔건만 갈 때는 여러 사람 울리고 간다. 빈손으로 왔다가 빈손으로 가는 인생 그 무엇을 애착해서 아등바등 살아왔나 인생에 무상함을 희로애락에 노래하고 덧없이 보낸 세월 후회한들 무엇하리

　세월이 유수와같이 빠른 줄 모르고 항상 착각 속에 헤매다 꿈길같이 멀어지네. 배신한 내 청춘을 그 무엇으로 달래볼까? 좋은 음식 차려놓고 천지신명께 빌어볼까? 모든 것 허망하다 부질없는 짓이로다.

　그 옛날 청춘 때 어느 벗이 하는 말이 좋은 일 많이 하고 후회 없이 살란 말이 귓전에, 그때는 흘려들어 지금 와서 후회한들 무슨 소용 있으리오 사랑하는 내 청춘을 심산유곡에 묻어놓고 언제 다시 만날 기약 없어 허공에 손짓하네!

　슬프도다. 허무한 우리 인생 바람처럼 스쳐 간 짧은 내 청춘 풀잎 끝에 맺혀있는 이슬 같도다. 무정한 찬바람이 건들 불어오면 이슬도 풀잎도 속절없이 떨어지네! 그리운 내 청춘은 어디로 가고 이제는 추억만 안고 가네.

가는 세월 그 누가 잡으며 서산에 지는 해를 그 어느 장사가 막을손가 모든 것을 인정하고 자연에 승복하고 좋은 일 많이 해서 서로서로 사랑하고 후회 없이 살다 보면 웃음꽃이 피어나리.

이제는 늦기 전에 인생을 즐겨라 되게 오래 살 것처럼 행동하면 어리석다 걷지도 못할 때까지 기다리다가 인생을 후회하지 말고 몸이 허락하는 한 가보고 싶은 곳 여행하라. 가난하던 부자던 권력이 있건 없건 모든 사람은 생로병사의 길을 갈 수밖에 없다.

기회 있을 때마다 옛 동창 옛 동료 옛친구들 만나라 그동안 관심은 단지 모여서 먹는데 있는 게 아니라 인생의 남은 날이 얼마 되지 않다는 데 있다 은행에 있는 돈은 내 돈이 아닐 수 있다.

돈은 쓸 때 비로소 내 돈이다. 늙어가면서 무엇보다도 중요한 것은 스스로 자신을 잘 접대하는 것이다. 사고 싶은 것이 있으면 사고 즐길 거리 있으면 즐겨라 혹시 병들더라도 겁먹거나 걱정하지 말라 늙고 병들고 죽는 것은 누구에게나 오는 것 아닌가? 몸은 의사에게 맡기고 마음은 스스로 책임져야 한다·자식들이나 손자에 관한 일은 눈으로 보고 귀로 듣기만 하고 입은 꼭 다무시라 나이 들어 쓰는 돈은 절대로 낭비가 아니다.

아껴야 할 것은 노년의 시간이고 노년의 생각이고 노년의 건강이다. 돈과 사랑이 남아있다면 제발 얍삽하게 아끼지 말고 베풀라고 자신이 자신을 최고로 여기고 자신을 대접하며 살다가 생로병사에 순응하며 살자

머물 듯 가는 것이 세월인 것을 친구와 약속을 어기면 우정에 금이 가고 자식과의 약속을 어기면 존경이 사라지며 기업가가 약속을 어기면 거래가 끊어진다. 뭇사람들은 자기 자신과의 약속엔 부담을 느끼지 않는다.

그러나 내가 나를 못 믿는다면 세상엔 나를 믿어줄 자 없으리라 본다. 뛰어가려면 늦지 않게 가고 어차피 늦을 거라면 뛰어가지 말라 후회할 거라면 그렇게 살지 말고 그렇게 살 거라면 절대 후회하지 말라 죽은 박사보다 살아있는 멍청이가 낫다.

그리고 자식을 아주 잘 키우면 국가의 자식이고 그 다음으로 잘 키우면 장모의 자식이 되고 적당히 잘 키우면 내 자식이 된다는 이야기도 있다. 권세와 명예 부귀영화를 같이 하지 않는 사람은 청렴결백하다고 말하지만 가까이하고서도 이에 물들지 않는 사람이야말로 더욱 청렴하다 할 수 있다.

권모술수를 모르는 사람은 고상하다고 말하지만,

권모술수를 알면서도 쓰지 않는 사람이야말로 더욱 고상한 인격자이다. 예쁜 여자를 만나면 3년이 행복하고 착한 여자를 만나면 30년이 행복하고 지혜로운 여자를 만나면 3대가 행복하다.

잘생긴 남자를 만나면 결혼식 3시간 동안의 행복이 보장되고 돈 많은 남자를 만나면 통장 세 개의 행복이 보장되고 가슴이 따뜻한 남자를 만나면 평생의 행복이 보장된다.
　뒤안길의 인생

일 년은 365일 하루는 24시간 누구나 알고 있는 상식 불변의 원칙이지요. 이 원칙의 짜인 틀에 의해 무작정 따라온 건지 아니면 쫓기듯 밀려온 건지 80년의 세월 세상만사 천지개벽, 이 몸도 많이 변한 모습 늙음의 상징이랄까요. 크고 작은 이마의 주름살을 보는 사람에 따라 생각은 각자 다르겠지만 지나온 인생사의 역사와 계급장이 아닐까요?

이젠 누구도 거역 못 할 황혼길 이 길이 출발점이 아닌 종점으로 계속 질주하는 카운트 때 운이 시작되었다고 생각합니다, 이 사람도 한때는 청춘도 있었고 인생의 황금기도 있었겠지만, 말없이 다가와 말없이 앗아가는 세월 앞에서는 속수무책이었다오.

.나에게 주어진 남은 세월이라도 조금 더 값있게 보람되게 멋진 삶을 살다 가는 것이 후회 없는 황혼 길이라는 생각이 듭니다. 일 년은 365일 하루는 24시간 변함없이 한결같은데 우리가 느끼는 감정은 60을 넘으면서 다르고 70을 넘으면서 벌써 내가 하는 생각이 들더니 80에 들어서니 또 다른 느낌이 오는 것은 지나친 욕심일까요. 수양 부족일까요.

인생사를 어느 바람에 쫓기듯 날아왔다가 어느 바람에 끌려가듯 우리 곁을 떠나버리는 낙엽에 비유해 본다면 많이 살고 적게 살고 많이 적게 가지고 모두 부질없는 생각일진대 만물의 영장이라는 생각도 잠시 모른 채 뒤로하고 욕심을 내려놓지 못하네요. 그리그라 욕심을 부리다가 결국 추한 모습으로 몸부림치며 끌려가는 황혼의 마지막 길 그 모습이 마치 소 돼지가 도살장에 끌려가는 것하고 뭐가 다를까요.

더 못살아 더 못 가죠. 욕심 걱정에 몸부림하지 말고 남은 세월 다 내려놓고 가벼운 몸과 마음으로 지금까지의 한평생 생애의 즐거웠던 날들의 추억을 회상하며 며칠 뒤 소풍 가는 날 받아놓은 아이들처럼 딴 세상 여행 떠날 그날을 기다리면서 오늘을 잘 보내고 또한 내일을 최후의 날이라 생각하며 욕심 걱정 다 내려놓고 떠나는 그날 그 길이 행복하게 살다가는 길이 아닐까 싶습니다.

80년의 역사

13살 초등학교를 졸업하고 가정형편 때문에 중등학교를 가지 못하고 부모님 농사일을 돕다가 14살에 기술을 배운다고 고향과 부모 곁을 떠나 수백 리 타향살이 시작으로 오늘까지 고향 멀리 지금은 경기도 포천이라는 곳에 머무르고 있다

80년이란 긴 세월 그동안 갈망했던 배움도 부도 갖추지는 못했으나 지난날들은 추억으로 간직하고 돌아오는 날들에 내가 해야 할 일들은 무엇이며 또한 무슨 일부터 해야 할 것인가 이 나라에 태어나 아무 탈 없이 지금까지 잘살아온 대가를 어떤 방식으로든 조금이라도 갚고 가야 할 텐데 하는 생각에 감사함과 동시에 의무감도 생긴다.

그러나 마음뿐이지 쉽지 않은 일 딴 사람은 내 나이 정도라면 화려한 역사와 부를 자랑하지만, 이 사람은 명예도 부도 자랑할 것도 가진 것도 없이 부끄럽게 나이라는 숫자만 올려놓았네요. 그러니 나의 인생 역사란 별로 쓸 게 없네요. 고생과 가난뿐이었으니까. 아~아 그것도 역사라면 역사가 되겠네요.

고생했고 가난했던 보잘것없는 역사 그런데 화려하게 살았던 사람의 삶이나 가난하고 어렵게 살았던 삶

어느 사람에게든 부르지 않아도 기다리지 않아도 머리에는 녹지 않는 백설이 이마에는 크고 작은 연륜의 주름들이 어쩔 수 없더군요.

조금 더하고 덜할 뿐 밀려오는 세월 누구나 그 세월 거역할 수 없어 밀리듯 쫓기듯 앞으로만 갈 수밖에 그것도 점점 더 빠른 속도로 다리에 힘은 빠지고 눈과 귀는 흐려지고 마음은 바빠지는데 주위에선 섭섭하고 야속한 일들만 밀려오는 노후 그 늙음 앞에 당당할 수 있는 사람 과연 몇이나 될까요? 앞 벽에 걸린 거울이 너는 지금까지 무엇을 해 놓았냐고 묻는 것 같네요.

나는 이렇게 대답할래요. 내세울 만하게 해놓은 일은 없지만 복잡 다사한 세파에 흔들리면서도 비굴하지 않고 죽지 않고 지금까지 당당하게 살아왔다고 그리고 앞으로도 얼마나 더 살지는 몰라도 지금까지처럼 그렇게 살아갈 것이라고 이것도 욕심일까요? 나이 먹을수록 뭐든 지나친 욕심은 추하게 보이니까요! 매사에 조심하는 자세로 살아가야겠지요.

애증의 원망과 사랑

저는 전남 장성 시골 마을에 6남 1녀의 장남으로 태어나 부모님의 어려운 가정 환경 때문에 일찍부터 부모님의 농사일을 도와야 했고 어린 동생들을 돌봐야 했었다. 일찍 12~13살부터 지게를 짊어져야 했고 밥을 해야 했고 어린 동생들을 돌봐야 했었다. 더운 여름 날씨에도 동생을 등에 업고 3~4km 거리까지 젖을 먹이려고 다녀야 했었다.

어려서 뼈가 굳기 전에 지게를 져서 그랬는지 형제 중에 나만 유난히 등이 굽었다. 그 후 14살 되던 해 큰댁이 계시는 나주 영산포로 가서 양복점에 들어가 기술을 배우기 시작 1년 반쯤 배우다가 그만두고 서울로 올라가게 되었다. 처음에는 나무 의자 만드는 공장에 들어가 하루 세 끼 밥 얻어먹는 거로 밑바닥 일을 하다가 17살 정도나 되었는지 한남동에 있었던 해병대 직할부대

어느 막사에서 군인들 심부름해 주고 청소 양말 등이나 빨아주며 밥 얻어먹는 것으로 만족해야 했었다. 군인들이 봉급 때에 몇십 원씩 거두어 주는 돈으로 강의록을 구매 공부를 해보려고 노력은 해보았으나 그도 여의찮았다. 1년쯤 부대 생활을 마치고 청계천에 있는 평화시장 제품공장과 매장을 가진 해운사라

는 영업집에 들어가 낮에는 재단사 보조 일을 밤에는 재봉 끝난 제품들의 다림질과 마감일을 해야 했다.

때로는 아래층 가게에 내려가 판매하는 일을 도와야 했다. 그러다가 주인이 을지로 3가 파출소가 있는 부근에 옷 맞춤 집을 내고 거기에서 일을 해주기를 요구했다. 여기서 평생직업이 된 재단에서부터 제작까지 닥치는 데로 갖은 노력을 아끼지 않았던 점이 오늘날 평생직업으로 이 일을 할 수 있게 된 것 같다 이렇게 거기에서 약 2년여 동안 근무를 마치고 군대 가기 몇 개월을 앞두고 고향에 내려가 부모님 일을 도우며 야간으로 구학 공부를 시작하게 되었다.

이것이 오늘날 내 이름 석 자라도 쓰게 되었으며 그해가 1965년쯤 되는 것 같은데 동년 10월 26일 군에 입대 최소한 고등학교 이상의 학력자라야 갈 수 있는 곳으로 초등학교 수준으로는 너무 어렵고 힘든 의무 주특기를 받아 훈련소에서 보통 4주 교육을 받으면 훈련이 끝나고 부대 배치되는데 나는 무려 16주나 되는 긴 기간의 특과 교육을 받으며 매주 시험 때마다 마음을 졸이며 낙제점을 면하려고 무단히도 노력했었던 것 같다.

낙제점 받으면 퇴교 되니까 이렇게 어렵사리 무사히 교육을 마치고 26사단 사령부에 배속되어 근무하다가 1968년 제대 무렵 1·21사태 김신조 일당이 넘어와 소란을 피우는 바람에 근무 기간이 연장되면서 68년 6월8일에서야 전역을 하게 되었다. 이렇게 군 복무를 마치고 사회에 나와 첫발을 붙인 곳이 이곳 경기도 포천 연고도 없고 가진 돈도 없이 처음부터 순탄치 않은 길을 걸어야 했습니다.

특히나 그 속에서도 부대 밑에 집을 짓는 일부터 걸림돌이 많았다. 남의 땅에 부대와의 가까운 거리 관계로 걸리는 것이 너무나 많았다 돌 하나 흙 한 줌 도와주는 사람 없고 하나부터 열까지 그 과정을 지나며 인내도 오기도 밑바닥을 드러내며 악전고투 끝에 가진 자의 돼지 막사보다도 못한 판자 루핑집 그도 하늘을 가리고 비를 피할 수 있는 노희남 만의 저택이라고 할 수 있는 집이 만들어졌다.

이제부터는 먹고 살아야 하니 돈벌이를 해야 했다. 그래서 철조망을 넘나드는 군인들을 상대로 하는 일 밖에 할 수 있는 일이 없었다. 그리하여 군인들을 상대로 술 몇 병 과자 몇 봉씩을 팔며 군복수선 세탁을 하는 일로 식생활을 해야 했었다. 그런데 그도 복이라고 포천 파출소에 적을 두고 있는 변이라는 모 순경이 내가 하는 일이 불법인 줄 알고서 수시로 찾아와 손을 벌리는 것이다.

벼룩의 간을 내먹지 하면서도 억울하지만, 내미는 손에 거절할 수 없었다. 그 후 그렇게는 생활 유지도 어렵고 하는 수 없이 포천에 은혜사라는 맞춤 집에서 얼마 동안 일을 하다가 어렵사리 변두리 둑방 옆에 유신 사라는 간판 아래 옷 맞춤 집을 차리고 생업을 시작하게 되었었다. 이때 고향에서 남도 아닌 집안 분의 멸시나 무시 속에 살고 계시는 부모님의 환경을 보고 들을 때 피가 끓는 20대의 장남으로서 그냥 보고만 있을 수 없었다,

어느 날 아무 대책도 없이 불시에 내려가 아버지 어머니 이곳을 떠납시다. 어디 가면 설마 굶어 죽기야 하겠습니까.

여기에서는 평생 이렇게 살 수밖에 길이 보이지 않고 동생들도 여기에서는 부모님의 길을 다시 걸어야 합니다. 그렇게 하여 경기도로 올라오시게 되었고 여기 오셔서도 준비된 것 없었고 부모님도 가지신 것이 없다 보니 고생 많이들 하셨습니다.

그래도 그분들 고향 떠나 이사 오신 것을 후회는 하시지 않았던 걸로 알고 있습니다. 그러다 보니 동생들 교육도 결혼문제도 돌봐주지 못했던 부끄러운 장남이고 형이었던 점 지금도 미안하고 가슴 아픈데 각자의 그 옛날 그 시절의 원망들이 귓전을 울리네요.

그 원망들이 모여 이렇게 70이 넘고 80이 넘은 나이까지 변변치 못하게 살고 있는 것 같습니다. 즉 그

원망을 허물로 받아들인다면 죄가 되겠지요. 그 죗값을 하고 있다고 생각하렵니다. 내 나름대로는 일찍부터 동분서주 가정을 위해 헌신했다고 생각했었는데 착각이 심했나 봅니다.

그 동생들이 50이 넘고 60이 넘은 근래에도 어린 시절 불만 들을 섭섭함으로 표현하며 직간접으로 충고와 교육의 차원으로 가슴에 새겨주는 것 같아 세상을 이렇게밖에 살 수 없었던 것이 나의 무능과 무식의 유산인 것 같아 지금까지 살아온 길이 원망스럽고 한스럽네요.

그때는 모두가 어렸고 사춘기여서 당시 나의 어려웠던 상황에는 이해가 가지 않았을 것이고 본인들 각자의 처지에서 쌓였던 불만을 토로하겠지요. 나는 어디 누구에게 불만을 하소연이라도 하지요. 사실 나는 못나서 그렇겠지만 젊음도 사춘기도 멋 부리는 것도 각종 취미활동도 사치였고, 있는 사람이나 하는 것으로 알고 살아왔기에 지금도 검소와 절약이 몸에 밴 사람인 것 같습니다.

그래도 동생들은 착한 편이라서 가능하면 기분 상하지 않게 조심스럽게 자신들의 속마음을 전하는 것 같습니다. 그런데 본인들은 한결같이 어렸었다는 생각들뿐이었고 나에게는 엄했고 차가웠고 인색했었다는 원망뿐이지 본인들의 행동에 대해서는 내가 기억이 흐려졌는지는 몰라도 없었던 것 같네요. 내가 아무리 어려움 속에서도 어렸던 동생들을 잘 보살펴 주었더라면 오늘에 이 아픔들이 원망 아닌 존경과 사랑으로 돌아왔겠지요.

그 옛날 그 동생들의 뇌리와 가슴에 남아있다 한들 부정이나 변명하지 않아야 하겠지요. 혼자 안고 새기고 가렵니다 예나 지금이나 가진 거 없는 가난 속에서는 윗사람 노릇이 쉽지 않겠다고 하는 생각이 새삼 드네요. 진정 빈손으로 인자 자비 베풂 등이 가능할까요?

내 생각으로는 가능하다면 얼굴에는 미소를 담고 입으로는 듣기 좋은 말로 다음으로 미루고 행동으로는 지키지 못하는 이중성격자 결국 본인도 주위 사람도 지키지 못하는 무능한 사람이 되겠지요. 그런데 내가 후자였더라면 그 사람 그런 사람으로 치부해 버렸을 테니까

오늘날 이렇게 원망은 듣지 않았을까? 하는 자문자답을 해보기도 합니다. 이 글의 내용도 보는 사람의 입장에 따라 다를 것으로 생각하며 어느 입장이든 간에 상대방의 처지에서 한 번쯤 생각해 보는 여유를 가진다면 살아감에 있어서 실수하는 일과 후회하는 일이 작을 것으로 생각하면서. 마치렵니다.

부모님의 역사

고인이 되신 아버지는 근면 성실 정직 노력형으로서 내성적이었고 어머니는 근면 성실하시면서 성격은 아버지와는 반대이셨다 아버지 27세 때 어머니는 17세 두 분은 결혼하시고 6남 3녀를 낳으셨으나

나와 둘째 셋째 사이와 둘째와 셋째사이 두 동생들이 먼저 세상을 떠나게 되어 젊은 나이에 아픔을 두 번씩이나 겪으셨으니 그 후 오늘까지 우리 6남 1녀 모두가 생존해 이렇게 만나고 있는 것이며 아버지는 둘째로 태어나셔서 일찍이

어머니를 여의시고 서모 밑에서 성장하시면서 서모가 낳으신 3남 2녀의 동생들을 얻게 되어 5남 2녀로 7남매의 둘째가 되셨다. 큰아버지는 장남이라고 중등교육을 마치고 결혼하여 도회지로 나가시고 아버지는 서모가 낳으신 다섯 동생을 기르는데

아들 노릇을 다하면서도 천대받으며 고생하셨으나 공부는 시키지 않았고 서모가 낳으신 아들인 작은 아버지만 공부시켰다. 형편이 되었었는데도 그렇게 차별하였기에 우리들의 아버지는 무식했었던 것이고 그 후 당신이 등 넘어 어깨 너머로 노력하여 겨우 당신 이름 정도 쓸 수 있는 한글 해독을 하시게 되셨다.

그래서 그 양반은 사춘기도 어떤 취미활동도 가져보지 못하고 한평생 길가에 잡초처럼 짧은 한세상 지내시다 가셨고 어머니는 광산김씨 후손으로 2남 2녀 4남매 중 셋째로 태어나셨고 외할아버지는 마을 훈장님을 지내셨다는데 여자라고 가르치지 않고 엄하시기만 하셨던 것 그리하여 어머니도 무식했던 것입니다.

들어보건대 두 분 다 눈을 틔워줄 수 있는 형편이 었는데도 그런 혜택을 받지 못하시어 세상을 하직하실 때까지 남 앞에 나서지도 아는 체도 한번 못하시고 길가에 이름 없는 잡초처럼 이 사람 저 사람 발길에 밟히면서

답답하고 억울하게만 사시다가 한스러운 삶을 마치고 저세상으로 가신 분들 그래서 살아생전 우리에게는 초등학교라도 똑같이 가르쳐 눈을 띄어 주시겠다는 생각으로 사셨다. 그 두 분의 헌신과 희생이 있었기에 우리가 이렇게 잘 살아 있으며 누가 뭐래도 우리에게는 이 세상에서 제일 존경스럽고 고마운 분들이라고 생각하면서 두 분이 걸으셨던 고난의 길을 회상해 봅니다.

전남 함평군 나산면 초포리에서의 고난

약 70년 전 우리에게는 진외가 아버지에게는 외가의 도움으로 일가친척 없는 낯선 함평 이씨가 자자일

촌하는 초포라는 동네에 부잣집인 이순행 씨라는 집에 호적 살리를 하게 되었다, 부부가 안일 바깥일을 해주면서 식생활을 하는 즉 종이나 다를 게 없자 아버지는 머슴살이 어머니는 식모살이를 하셨다

그렇게 지내시다 얼마 후 6.25를 맞게 되었는데 당시 주인은 낌새를 느끼고 광주에 나가 있었고 부모님은 그 큰집을 관리하고 있었는데 붉은 물이 들어있는 이웃집 사람 때문에 생사의 기로에까지 갔었으며

그 후 중간 마을로 이사를 했고 거기에서는 새끼 꼬는 기계를 구매하여 새끼꼬는 일도 하셨었다 그러던 중 이질 배피라는 질병을 얻어 앓아눕게 되셨다. 그해는 장마가 길어 땔감도 없었다. 아버지는 몸져누워 계시고 하는 수 없이

그 어렵게 마련했던 새끼꼬는 기계의 쇠붙이만 남기고 틀을 다 뜯어 땔감으로 없앨 정도로 어려운 상황이었다 또한 당시에 있었던 일 중 잊히지 않는 것은 거미줄이 생기고 벌레가 생긴 아무개라는 겨에서 벌레만 골라내고

고구마 잎을 넣어 죽을 끓여 먹었는데 어찌나 뜨거웠든지 70년이 지난 지금도 그 생각이 생생하다 어머니는 아버지에게 미음이라도 끓여 드려야겠는데 곡식을 구할 수가 없었다 흉년 장마에 남편의 병환까지

당시 어머니의 입장은 여러분들의 상상에 맡기고 당시 누구인지는 모르겠으나 2~3km쯤이나 되는 이문안 이라는 곳에 찾아가셔서 반 되쯤 되는 쌀을 구해오셔서 그것으로 멀겋게 미음을 만들어 드리던 모습 지금도 생생하다 그렇게 어찌어찌하여 아버지는 일어나셨고 그 후부터는 매년 그때쯤이면 건강이 안 좋으셨다.

미리 영양 보충을 해드리면 조금 쉽게 넘기셨지, 그 이후 오막살이 집을 구해 맨 윗동네로 이사 하시면서 식구는 많고 가진 것은 없고 하니 하는 수 없이 잘사는 집에 매년 농사를 지어주는 고지라는 게 있었는데 1마지기에 얼마씩 품삯을 미리 갖다 먹으면서 겨울을 나고 그 이듬해 봄부터는 그 집 농사가 다될 때까지 죽어라 뼈 빠지게 일만 일만 하셔야 했던 우리들의 아버지 그때 조금이라도 도와드리려는 생각으로 열두세 살 때부터 지게질하게 되었고 그 덕으로 우리 형제 중에 나만 등이 굽었지

어머니는 지금 생각해 보면 4km쯤 되는 곳에 남의 밭을 도주로 빌려 밭농사 일을 하시는데 우리 집에 여자 형제가 없었으니 아마 셋째 넷째쯤 젖을 먹을 때였을 때라 배가 고파 울면 동생을 업고 그 밭을 찾아가는데 어찌나 멀었었는지 날씨는 덥지 길은 멀지 젖을 먹여 다시 갔던 길을 돌아와 동생은 방에 눕혀 놓고 학동이라는 도구에 보리쌀을 갈아 삶아서 다시

밥을 지어놓고 기다리면 어둑어둑해서야 어머니가 돌아오셔서 저녁 식사를 하게 되었던 일들이 지금도 주마등처럼 떠오른다. 그렇게 생활하시면서도 아버지는 정직과 고지식을 인정받아 이씨 촌에서 반장님까지 하셨다.

그걸 보고 자라온 나는 큰 결과는 얻지 못했지만, 지금까지도 배우고 싶은 열망을 못 버리는 것 같아 그 후 함평에서 장성 삼성 대도리로 이사 첫째 작은 아버지의 도움으로 마을 회관에서 살게 되었다.

그런데 아버지의 동생들에게는 그런대로 형의 대접을 받았었지만, 작은어머니로부터 무시당하면서 받은 수모 말로는 다할 수 없었으며 여기에서도 역시 가진 게 없다 보니 남의 땅을 빌려 타작 농사를 지을 수밖에 다른 길이 없었다.

당시 타작 농사란 가을 수확량 반을 지주에게 주어야 했었다 이때 어머니는 간장 원료라는 장사를 하셨는데 무슨 원료인지는 몰라도 원료라는 것을 구해다가 우리 조선간장에 타서 조제한 다음 일들 나가기 전에 가야 팔 수 있다고, 새벽같이 이 동네 저 동네 헤매고 다니셨다.

그 무렵 그렇게 지내시는데 어떤 동생은 어려서부터 부모님 마음을 많이도 아프게 해드렸고 어린 동생이 지나가는 버스 유리창에 돌을 던져 깨트려 그것을 수습하느라 죄송하다며 부모님이 굽실거리던 그 모습이며 일만 하시고 착하게 살아오신 부모님 그 모습이 너무 아프다.

어린 소견에도 안타깝기만 했습니다. 그 이후 포천으로 오시게 된 것은 내가 군을 제대하고 포천에 머물게 되었으며 당시 능력도 대책도 없이 두 분의 지나간 역사가 너무도 험난했고 무시당하면서 지내셨던 것이 주마등처럼 뇌리를 스치며 가슴이 답답해 왔었다.

순간 그 고생이라면 어디서는 못 살겠는가 하는 마음이 울컥 치밀고 올라왔었다 그렇게 하던 일을 멈추고 고향으로 내려가 부모님에게 이곳 포천으로 이사할 것을 청했고 지난날들이 얼마나 지겨웠었던지 거부 하시지 않고 승낙하시어 자작리로 오시게 되셨고

여기 오셔서도 어렵게 지내시다가 아버지가 병환에 드시고 당신 회갑 때 시골 작은아버지들께서 회갑 축하 차 올라오셔서 회갑을 잡수시고 작은 아버지분들은 내려가시고 4일 만에 돌아가셔서 형제분들 얼굴이라도 한번 보고 떠나고 싶으셔서 가시는 길을 멈추었지 않았나 생각이 들었었다.

그리고 막내는 이 세상에 태어나지 못했을 뻔한 사

람이다. 그것은 어머니 연세 40대 후반 임신이라서 연세도 있으시고 주위에 부끄럽고 창피하다는 생각에 약까지 잡수시고 고생을 많이 하셨었기에 그래도 모진 생명은 살아 있었고 막내로 태어나서 큰 자식부터 교육하지 못한 그것이 한이 되어 막내라도

교육을 더 해보겠다고 돈이 되는 일은 다 하셨지, 그 결과 많지는 않지만, 고등학교라도 마치게 되었다. 그리고 어머니는 또 한 번 놀라시는 일이 있었다. 동생이 3년 동안 입영을 피하다가 경찰에 붙들려 파출소에 끌려가게 되었을 때 벌벌 떠시면서 노심초사하시던 그 모습

그리고 그 이후 물난리를 만나 생사를 헤매시다 구사일생 살아나셨었지, 그리고 설운리로 이사를 해 사시면서 못난 나에게는 효도 한 번 받아보시지 못하고 어렵게 세상에 태어난 막내에게 효도를 받으시다가 그래도 자식들에게 큰 부담을 주시지 않으려고 짧은 기간 앓으시다 우리 곁을 떠나셨었지

이상과 같이 우리 부모님의 생애는 가난 전쟁 멸시 등등 만고풍상만 겪으시고 우리 곁을 떠나신 분들이시기에 지금도 생각하면 너무 죄스럽고 가슴이 아려 그 어려움 속에서도 그분들은 그 많은 자식을 챙겨주시고 길러 주셨는데 오늘날 큰형이 미워서 불만스러워서 그 두 분의 제사에도 참여하지 않고 있는

현실 현세대로 보면 그럴 수도 있다고, 생각하면서도 그분들의 생전에 기구한 운명 속에서도 당신들은 최선을 다하셨던 그 모습을 돌이켜보면 이것은 아니다 싶어 내가 물 위에 기름이라면 버려두고 다 같은 자식들이니 자네 들끼리라도 부모님의 영전에 감사의 인사와 더불어 그곳에서라도 편안히 계실 수 있도록 기원해 드리기를

부모님의 역사를 가끔 생각하면서 행복은 멀리서 찾지 말고 가까운 데서 찾아야 하며 건강 부귀영화를 누리며 자손만대 행복하기를 바라는 마음으로 이글을 맺음

어버이날 감동의 글

(세상에서 제일 아름다운 얼굴)

평생을 일그러진 얼굴로 숨어 살다시피 한 아버지가 있었습니다. 그에게는 아들과 딸 남매가 있었는데 자신의 심한 화상으로 자식들을 돌볼 수가 없어 보육원에 맡겨놓고 시골의 외딴집에서 혼자 외로이 살았습니다.

한편 아버지가 자신들을 버렸다고 생각한 자식들은 아버지를 원망하면서 자랐습니다. 그러던 어느 날 아버지라며 찾아온 사람은 화상을 입어 얼굴이 흉하게 일그러져 있었고 손가락은 붙거나 없는 모습이었습니다.

저 사람이 우리들의 아버지란 말이야 남매는 충격을 받았고 차라리 고아라고 생각했던 시절이 더 좋았다며 아버지를 외면해 버렸습니다. 시간이 흘러 자식들은 성장하여 결혼하고 가정을 이루었지만, 아버지는 여전히 사람들 앞에 모습을 나타내지 않으며 혼자 외딴집에서 살았습니다.

몇 년 뒤 자식들은 아버지가 돌아가셨다는 소식을 들었습니다. 그동안 왕래가 없었고 아버지라는 생각을 하지 않고 살았던 자식들인지라 아버지의 죽음 앞에서도 별다른 슬픔이 없었습니다. 하지만 자식들을 낳아준 아버지의 죽음까지 외면할 수 없어서 시골의 외딴집으로 갔습니다.

외딴집에서는 아버지의 차가운 주검만이 기다리고 있었습니다. 마을 노인 한 분이 문상을 와서 아버지께서는 평소에 입버릇처럼 화장은 싫다며 뒷산에 묻히기를 원했다고 일러주셨습니다.

그러나 원망했던 아버지이기에 자식들은 아버지를 산에 묻으면 명절이나 제사 때마다 찾아와야 하는 것이 번거롭고 귀찮아서 화장하겠다고 했습니다. 아버지를 찾아온 자식들은 아버지의 짐을 정리해 태우기 시작했습니다.

평소 덮었던 이불이랑 옷가지를 비롯해 아버지의 흔적이 배 있는 물건들을 몽땅 끌어다 불을 질렀습니다. 마지막으로 책을 끌어내어 불 속에 집어넣다가 비망록이라고 쓰인 빛바랜 아버지의 일기장을 발견했습니다.

불길이 일기장에 막 붙는 순간에 왠지 이상한 생각이 들어 얼른 꺼내 불을 껐습니다. 그리고 일기장을 한 장 한장 넘기며 읽기 시작했습니다. 아들은 일기장을 읽다가 그만 눈물을 떨구며 통곡했습니다. 일기장 속에는 아버지가 보기 흉한 얼굴을 가지게 한 사연이 씌어 있었습니다.

아버지의 얼굴을 그렇게 만든 것은 자신 들이었습니다. 우리들의 불장난 때문에 일기장은 죽은 아내와 우리에게 쓰는 편지로 끝이 났습니다. 여보 내가 당신을 여보라고 부를 자격이 있는 놈인지 모르겠소

그날 당신을 업고 나오지 못한 나를 용서 하구려 울부짖는 어린아이들의 울음소리를 뒤로하고 당신만 업고 나올 수가 없었다오.

여보 하늘나라에서 잘 있지 아버지로서 해준 것이 없지만 아이들은 잘 자라 한 일가를 이루었고 내가 당신 곁에 가면 다 이야기해 주리다.

이제 이승의 인연이 다 한 것 같으므로 당신 곁으로 가면 날 너무 나무라지 말아주오. 그리고 보고 싶은 내 아들딸에게 평생 너희들에게 아버지 역할도 제대로 못 하고 이렇게 짐만 되는 삶을 살다 가는구나 염치 불고하고 너희들에게 할 말이 있단다.

내가 죽거들랑 화장은 절대로 하지 말아다오 평생 밤마다 불에 타는 악몽에 시달리며 30년을 살았단다. 그러니 제발.

뒤늦게 자식들은 후회하며 통곡하였지만, 아버지는 이미 화장되어 연기로 사라진 뒤였습니다.

자신을 위한 희생과 헌신으로 평생을 사신 부모님의 사랑을 느끼게 하는 글이라서 소개합니다. 나무는 가만히 서 있고 싶지만 바람이 그치지 않고 자식은 부모를 봉양하고 싶으나 부모는 기다려 주지 않는다는 글로 마무리하렵니다.

일본의 판사 이야기

성공한 인생이란

일본의 오사카 고등법원 형사부 총괄 판사였던 오키모도 겐 이라는 사람은 36년 동안이나 재직했던 판사직에서 조기 퇴임했다. 2018년에 있었던 일이다.

주로 큰 사건들을 맡아 처리 해오던 유명한 판사였던 그가 정년퇴임까지 5년이 더 남아있는데도 판사직을 그만두자, 사람들은 추측하기를 변호사 개업을 해서 더 큰돈을 벌려고 하는 그것으로 생각했습니다.

그러나 그는 예상과 달리 의외의 전혀 엉뚱한 길을 찾아갔습니다. 바로 그가 살고 있는 집 근처에 있는 요리학원을 찾아 수강 등록을 하였습니다. 그는 요리사 자격증을 따서 음식점을 내겠다는 각오로 60이 다된 나이에도 불구하고 하루도 빠지지 않고 학원에 다녔습니다.

그는 손자뻘 젊은이들과 어울려 식칼을 유연하게 쓰는 법과 맛있는 음식을 만드는 법 여러 종류의 채소를 써는 방법부터 철저히 배우기 시작했습니다. 마침내 1년 만에 그는 요리사 자격증을 따냈습니다.

그리고 자신이 36년간 일했던 오사카 고등법원 건너편에 두 평 정도의 조그마한 음식점을 차려 개업했습니다. 한국인은 물론 동양인의 상식으로는 이해가 되지 않는 돌출 행동 같은 모양새로 보일 수밖에 없었습니다.

개업한 손바닥만 한 작은 식당에는 유명한 판사였던 그를 알아보는 손님들이 많을 수밖에 없었습니다. 사람들은 모두 판사직을 그만두고 음식점을 낸 그것을 궁금해하거나 이상하게 생각했습니다.

식당에 찾아오는 손님이 많은 만큼 손님으로부터 수많은 질문이 그에게 쏟아지기도 했습니다. 특히 판사의 위엄의 법복을 벗어 던지고 요리사 복장을 걸친 그에게 찾아오는 손님마다 허리 굽혀 인사하는 그에게 식당 개업하던 날 언론사 기자들의 질문이 빗발치듯 쏟아졌습니다.

그럴 때마다 그는 이런 말로 손님들과 기자들에게 말해주었습니다. 나는 판사로 재판관이 되어 수십 년간 사람들에게 유죄를 선고할 때마다 가슴이 너무 너무도 아팠습니다. 나는 그 일을 36년이란 긴 세월 동안 해왔습니다.

재판관은 사람들에게 기쁨을 줄 수가 없는 가시, 방석 같은 자리였습니다. 그래서 나는 남은 인생을 어떤 방법으로라도 남을 위해 즐겁게 살아갈 수 있는 직업이 없을까 생각하지 않을 수 없었습니다.

내 음성과 기능으로 좋은 음악을 세상 사람들에게 제공하고 싶었지만, 본래의 자질이 부족하였고 한때는 돈이 없는 병든 사람을 치료하고 고치는 일을 하고 싶었지만, 그때는 의술을 익히기에 이미 나에게 너무 늦은 시기였습니다.

그래서 생각하고 궁리하여 찾아낸 것이 모든 사람에게 기쁨과 즐거움을 줄 수 있는 맛있는 음식을 제공하는 일만이 이 나이에 빠르게 성취하는 방법이었기에 식당 주방장이 되더라도 남에게 기쁨을 줄 수만 있다면 정말 나는 행복한 인생을 살 것만 같았습니다. 라고 말하며 초지일관하게 즐겁고 기쁜 얼굴로 주장하는 그였습니다. 그는 남에게 죄를 확정하고 그에게 벌을 주는 일이 너무나도 싫어서 남아있는 인생만은 사람들을 기쁘게 하며 살고 싶었다는 것이었습니다.

그리고 그는 지금이 무척 행복하다는 말을 덧붙이는 것이었습니다. 그의 작은 두 평짜리 음식점의 간판은 친구였습니다. 친구라는 이름 속에는 그의 음식점을 찾는 사람들뿐만 아니라 모든 사람과 친구처럼 지내고 싶은 그의 오랜 소원을 담고 있다는 설명도 덧붙였습니다.

우리가 익히 알고 있는 바와 같이 인생은 친구를 많이 두는 일은 참으로 좋은 일이 아니겠습니까? 마음을 나눌 수 있는 허물없는 친구 셋을 둔 사람이라면 인생 성공한 사람이라고 했기 때문입니다.

인생의 즐거운 주옥같은 이야기

인생의 시계는 단 한 번 멈추지만 언제 어느 시간에 멈출지는 아무도 모릅니다. 지금이 내 시간이라 생각하고 살며 사랑하며 수고하고 미워하지만, 내일은 믿지 마십시오. 그때는 시계가 멈출지도 모르기 때문입니다.

떠날 때 우리는 모두 시간이라는 모래밭 위에 남겨놓아야 하는 발자국을 기억해야 합니다. 인생에서 중요한 것은 실패하지 않는 것이 아니라 실패해도 좌절하지 않는 데 있는 것입니다.

꿈을 계속 가지고 있다면 기회를 사용하도록 철저히 준비하십시오. 아무리 곤경에 처해도 당황하지 마십시오. 사방이 다 막혀도 위쪽은 언제나 뚫려있고 하늘을 바라보면 희망이 생깁니다.

젊음은 마음의 상태이지 나이는 문제가 아님을 명심하십시오. 매력은 눈을 놀라게 하지만 미덕은 영혼을 사로잡습니다. 습관을 최대한 다스리십시오. 그렇지 않으면 그것들이 당신을 지배하게 됩니다.

좋은 집을 지으려 하기보다 좋은 가정을 지으십시오. 호화주택을 짓고도 다투며 사는 사람이 있는가

하면 오막살이 안에 웃음과 노래가 가득한 집이 있으니 받는 기쁨은 짧고 주는 기쁨은 길다.

늘 기쁘게 사는 사람은 주는 기쁨을 가진 사람이다. 아낌없이 주십시오 주는 것보다 더 많이 받을 것입니다. 실제로 삶에서 가치 있는 것들은 베풂을 통해 배가됩니다. 내가 남한테 주는 것은 언젠가 내게 다시 돌아온다.

마음이 원래부터 없는 이는 바보이고 가진 마음을 버리는 이는 성인입니다. 비뚤어진 마음을 바로잡는 이는 똑똑한 사람이고 비뚤어진 마음을 그대로 간직하고 있는 사람은 어리석은 사람입니다.

나를 용서하는 마음으로 타인을 용서하고 나를 다독거리는 마음으로 타인을 다독거려야 합니다. 황금의 빛이 마음에 어두운 그림자 만들고 애욕의 불이 마음에 검은 그을음을 만듭니다.

어떤 바보라도 사과 속의 씨는 헤아려 볼 수 있습니다. 그러나 씨 속의 사과는 하늘만 압니다. 별을 좋아하는 사람은 꿈이 많고 비를 좋아하는 사람은 슬픈 추억이 많고 눈을 좋아하는 사람은 순수하고 꽃을 좋아하는 사람은 아름답고 이 모든 것을 좋아하는 사람은 지금 사랑을 하는 사람입니다. 바로 당신.

2부 참된 삶

2부 참된 삶

참된 삶

많은 사람이 행복하게 살기를 원하면서도 행복이 무엇인지 모르는 것 같아 안타까울 때가 가끔 있습니다. 행복은 마음속에서부터 생겨 느낌으로 표현된다는 것을 모르고 밖에서 받거나 가져오는 것으로 착각하고 돈만 있으면 행복할 수 있다는 생각으로 착각 속에 사는 사람들이 많은 것 같다.

작은 것에 만족할 줄 모르면서 더 큰 것을 찾다 보니 욕심에 밟혀 행복은 멀어지고 불행 속에 헤매다 한 번뿐인 삶을 후회 속에 막을 내린다. 큰 행복이라도 만족하지 않으면 불행하고 작은 행복이라도 만족을 느끼면 큰 행복이 또한 그래서 욕심이란 저울추가 행복과 불행의 가늠자 노릇을 한다.

욕심을 내려놓으면 행복이 올라가고 반대로 욕심을 부리면 행복은 멀어지고 불행이 예고도 없이 찾아든다. 작은 일에도 만족을 느끼면 행복이 찾아온다. 인간은 움직일 힘이 있다면 일을 가져야 한다. 그 속에서 희로애락과 동행하면서 삶의 보람을 찾게 된다.

만 원을 쓰고 5천 원을 벌더라도 몸을 움직이는 일을 해야 한다. 예로부터 일하지 않는 자는 먹을 권리도 없다고 했었다.

어른들 말씀에 몸이 편하면 입도 편해야 한다고 했었다. 그러니 먹고 살 수 있는 그 권리를 얻기 위해서라도 무슨 일이든 해야 하며 그것이 당연하고 마땅한 일일 것이다.

일도 안 하고 먹으려 하는 사람은 이미 인간의 가치를 잃어버린 사람이라고 하여도 지나친 말은 아닐 것 같다. 물론 젊어서 열심히 일하고 노후에 일하지 않고 편히 쉴 수도 있다. 그런 경우 예외이겠지만 그 사람도 건강을 위한 운동이라도 열심히 해야 할 것이다.

그것이 누구나의 왕복 없는 이 세상 한번 왔다가는 인생살이 여행길에 피와 살 즉 밑거름이 되어 다시 못 올 이승에서 후회 없는 한 페이지의 보람된 추억의 역사에 남으시고 가게 될 것이다.

그런데 우리네 인간들이 많이 배웠으면 배운 만큼 더 일하면서 지식과 상식을 풀어 써야 할 텐데 그렇지 못하는 건지 하지 않는 건지 몸을 아끼고 머리로 계산을 앞세워 편한 길만 찾는 것 같다.

그러면서 또 돈이 있으면 건강을 앞세워 헬스에 골프니 돈 들고 시간을 보낸다. 그럴 바엔 일거리를 찾아 건강도 보람도 찾았으면 얼마나 좋을까요. 돈이 없는 서민이라 그런 생각을 하고 있을까요,

의사소통과 표현의 방법

인간은 살아가면서 상대방에게 의사를 표현하는 방법은 세 가지다. 그 첫 번째가 말이고 두 번째가 얼굴이고 세 번째가 글이다. 첫 번째 말이란 생각을 주고받을 수 있는 언어로써 그 주인은 세 치의 혀다.

그 혀는 세상에서 가장 착할 수도 가장 악할 수도 있으며 글이 종이에 쓰는 언어라면 말은 허공에 쓰는 언어이다. 고로 종이에 쓰는 언어는 없앨 수가 있지만 허공에 쓰는 언어는 지울 수도, 없앨 수도 없으며 세균처럼 날개를 달고 번성한다.

그러기에 말은 입을 떠나면 책임이란 의무의 추가 달린다. 그러므로 두 번 듣고 생각한 다음 한번 말하라고 귀가 둘이고 입이 하나란다 그러기에 앞에서 할 수 없는 말은 뒤에서도 하지 말아야 한다.

말이 입을 떠나면 듣는 사람의 생각을 더 하여 말은 점점 더 보태져서 끝에 가서는 본질과 달리 왜곡되어 버리는 경우가 비일비재한 것이다. 그래서 한 사람 있었을 때와 두 사람이었을 때의 전파와 왜곡의 속도가 너무 다른 것이다,

아울러 큰 목소리보다는 낮은 목소리가 위력이 더

있다. 두 번째 한 뼘 정도의 얼굴이지만 현재의 기분을 얼굴의 표현으로 전달하지요. 그 표현에 따라 마주하는 상대도 마음에 거리가 달라지지요. 세 번째 글은 의사 표현을 글로 적는 것이며 속마음을 자세하게 전달할 수가 있지요. 받아보는 사람의 처지에서도 말은 지나가면 끝이지만 글은 두 번 세 번 반복해서 두고 볼 수 있어 전해 온 마음이 깊게 전달된다.

그래서 우리들의 선인들이 쓰던 말 중에서 한자로 표기된 품격과 군자라는 글을 보면 입을 조심하라는 의미와 입을 잘 다스리라는 뜻을 가지고 있다.

마음의 병

사람들은 남이 보기에는 돈도 명예도 근심 걱정 없는 것같이 보이지만 깊숙이 들어가 보면 누구나 말하지 못하고 가슴에 안고 있는 크고 작은 사연들 하나 둘은 가지고 있더라.

그 사연 누구에게도 말하지 못하고 마음에 안고 가슴앓이 끝내는 병을 만들어 가면서까지 울고 싶어도 울지 못하고 행복한 모습인 양 아픔을 등 뒤로 감추면서까지 혼자만 괴로워하는 모습으로 슬픔을 감추지 말고

울고 싶을 때 마음껏 울어버리고 짧은 세상 툴툴 털어버리고 가야지 생각해 보소, 얻는 것이 있었으면 잃는 것도 있었고 잃는 것이 있었으면 얻는 것도 있지 않았던가 가진 것으로 행복하고 만족할 줄 알아야지 나만 힘들고 아픈 줄 알지만, 남들도 말하지 못하고 아픔과 고통을 가슴에 담고 있는 줄을 모르는가? 돈 많은 사람은 근심 걱정 없을 것으로 보이지만 그들 나름 더 큰 고통을 가지고 있더라.

이래도 저래도 떠날 땐 빈손인 것을 왜 그리 이고 지고 억척일까? 욕심 내려놓으면 행복이 눈앞일 텐데 남의 고통 나누어지고 웃음으로 극복합시다,

맹구

세상을 살다 보면 적당히 우물쭈물 보고도 못 본 척 들어도 못 들은 척 지내야 할 때가 있고 내 일이고 남의 일이고 간에 옳고 그름을 똑 부러지게 가려야 할 때가 있다.

구분을 잘해서 똑 부러지게 언행을 하는 사람이 유능해 보이고 그렇지 못한 사람은 무능하고 주간이 없는 사람으로 치부해 버리기 쉬운 세상에 너와 내가 같이 살아갈 수 있는 공존의 방법은 없을까.

그러나 노자가 말하는 도의 측면에서 볼 때는 그와는 반대다 구분을 잘하는 사람은 지혜로운 것이 아니라 미혹된 것이라 했다. 그 이유인즉 구분을 잘하다 보면 은연중에 차별하게 되고 가려 쓰게 된다.

그 과정에서 필연적으로 배제되는 사람이나 사물의 잉여물이 생기게 되는데 그런 경우 적이 만들어지고 원망의 대상에 오르내리게 된다. 이럴 때 황희 정승의 말이 생각난다. 이 사람 말도 맞고 저 사람 말도 맞는다는 이야기다.

이 말은 조금 무능하고 줏대 없는 사람이라는 말을 들을지언정 적을 만들지는 않는다는 것이다. 결코,

옳고 그름을 펼쳐내는 판결보다 시간이 더 걸리고 어려운 과정을 거치더라도 너와 나 공존이라는 해결책을 찾아내야 한다.

그것이 적도 만들지 않고 더욱 유능하고 지혜로운 사람이 될 것이다. 세상에는 두 종류의 사람이 있다고 한다면 사람을 곱게 보면 몹쓸 사람이 없고 밉게 보면 써먹을 사람이 없다는 말이 있듯이 똑 부러지는 판결에서 나오는 이야기다.

이렇게 똑 부러지는 판결로 고운 놈 미운 놈 만들어 내는 것은 유능한 사람이 아니고 무능한 사람보다 못 한때가 있을 것이다. 예를 든다면 회사에 간부로 사나운 맹수 한 마리가 있다고 보자 인력은 부족한데 갑과 을로 구분한다면 차별받게 되는 을이 되면 자동으로 등 돌리고 돌아서야 할 것이고 회사는 인력 때문에 더 힘들어지게 될 것이다. 이때는 남아있는 인력마저 힘들다고 아우성칠 것이며 이때 맹수는 자기의 밥줄인 사장에게는 최선을 다해 봉사한다.

이 맹구는 사장의 눈과 귀를 멀게 하는 개가 될 것이고 사장은 자기에게 충성하는 이 맹구의 어깨에 힘을 더 실어줄 것이며 회사는 자꾸만 자꾸만 헤어나지 못하고 수렁으로 들어갈 것이다.
진정 회사를 사랑하고 사장을 받드는 자라면 이런 행동을 해서는 안 될 것이다. 사장은 이런 맹구를 한

시바삐 찾아내어 퇴출해야 하고 이런 맹구처럼 꼬리 흔들며 하는 감언이설에 조심하고 아랫사람이 하는 말에 귀 기울여야 한다.

기분이 조금 언짢더라도 충언이나 충고에 귀 기울여 듣고 참고해야 한다. 돈은 남이 벌어 주는 것이다. 그런데 언제 어느 곳이나 사람이 모이는 장소에는 맹구 같은 기회주의의 아부 족들이 끼어서 흙탕물을 일으킨다.

아이들의 말

진짜예요. 정말이에요 지금도 각종 부정부패 불신 등으로 인류 도덕 상식들이 밑 바닥인데 한 인생의 출발이자 장차 이 나라의 주인이 될 아이들의 말속에 진짜예요. 정말 이예요라는 단어들이 일상화된 것 같아 마음 한구석 쓸쓸함을 지울 수가 없다.

진짜와 정말을 바꾸어 본다면 가짜와 거짓말이 되는데 장차 이 나라를 지켜나갈 씨앗들이자 주인공이 될 그들이 상대를 믿지 못하는 부정하는 말로 시작되는 것 같아 마음 한구석 아픔을 금할 수가 없다.

앞으로 이 나라의 새 역사를 써나갈 우리의 희망이자 미래의 꿈들인데 아울러 좋은 역사란 좋은 말과 글 행동에서 얻어지지 않겠나요. 그런데 문제는 그네들 앞에서 먼저 살아온 기성세대들이 아이들의 그런 언어에 관하여 관심이 없는 것 같다.

아이들의 그런 언어에 관심이 없다는 것은 그들이 그 모습을 그 아이들한테 말과 행동으로 교육해 왔다고 볼 수밖에 없지 않은가! 남들은 그냥 보고 듣고 넘어가는데 이 사람이 너무 유별난가요.

2) 부부은행

흔히들 결혼은 둘이 하나가 된다고 한다. 둘이 하나가 된다는 것은 각자가 반쪽의 정신으로 만나 정상적인 하나의 가정을 만들어 온전한 또 하나의 공동체를 만든다는 것이겠지요. 반쪽의 정신으로 부부라는 공동체를 만들어 혼인이라는 법의 틀을 지나게 되면 서로의 가슴 한편에 자연 부부은행이 탄생한답니다.

둘이 하나가 되기 위하여 각자가 내려놓은 빈자리가 당신의 남편이 당신의 아내가 채워가는 긴 여정이기에 늘 가까이 있다고 잊고 살아온 것이 많다면 마이너스 통장이고 늘 챙겨주며 배려하는 마음을 심어주었다면 플러스 통장을 상대방의 은행에 가지게 될 것입니다.

결과에 따라 당신은 세상에서 가장 좋은 부부보험에 가입하셨고요. 돈을 열심히 저축하는 부부보다는 정을 저축하는 부부가 되고 자식 농사 잘 지었다고 기뻐하기보다는 부부 농사 잘 지어서 긴 노후 동반자를 잃지 않도록 동반자를 잃어버리면 전부를 잃어버리게 되니까요.

삶이란 두루마리 화장지와 같아 끝으로 갈수록 더 빨리 사라지기에 사랑할 수 있을 때 더 사랑해서 부부가 세상을 떠날 때 참 좋은 당신을 만나서 행복했었다고 말할 수 있지 않을까요. 말로만 입버릇으로 사랑한다고 하지 말고 적금과 출금 잘 구별해서 성질 내고 짜증 내면 출금 사랑해 여보라 표현했다면 적금 퇴근하고 들어서자마자 여보 나 밥 주어 아내 손잡으며 점심은 뭐 먹었어! 적금 의리로 사는 출금자보다는 사랑으로 살아가는 적금 자가 되어야 한다.

말과 글의 평가

(1 말의 가치)

말이란 우리의 인격과 품격을, 입을 통해 외부로 표출하는 것이므로 각별히 조심해야 하는 것이다. 말이란 허공에 쓰는 글이고 글이란 종이에 쓰는 글이다 종이에 쓴 글은 잘못됐으면 찢어서 없앨 수 있지만 허공으로 날개를 달고 떠난 말은 그때부터 생명을 얻어서 무소불위 돌아다니다가 듣는 사람들의 반응에 따라 돌아오기도 없어지기도 한다.

결과적으로는 발설한 본인을 찾아오는데 좋은 말은 칭찬으로 끝나지만 그렇지 못한 말은 두고두고 후회로 남아 본인을 괴롭힌다. 따라서 그 말에 따른 행동을 해야 하며 또한 그에 따른 책임을 져야 한다. 그러니 아무렇게나 멋대로 말하려면 그 말에 대한 책임을 질 생각으로 해야 한다.

그리고 아무리 좋은 말이라도 누가 했고 누가 썼느냐에 따라 값의 차이는 무궁무진 하다고 생각한다. 어른들의 말씀에 따르면 미친 사람의 말도 세 마디 중에 한 마디는 골라 쓸 말이 있다고 하였다. 그렇다면 말에는 진심이 담긴 말과 헛된 말 두 가지로 분리할 수 있겠다.

헛된 말이 아니라면 진심을 진심이란 가방에 마음을 담아서 보내야 합니다. 그리고도 모자라면 몸이 가서 말해야 하고 그 결과를 기다려야 하는데 그게 그렇게 쉽지는 않습니다. 특히나 요즘 젊은이들 막말해 놓고도 법을 찾는 안타까움이 많습니다.

그렇다면 말이란 누가 말하고 누가 썼던 뜻이 담기고 마음이 담긴 것이라면 그 내용에 심취해 보는 것도 본인의 인격 성장에 도움이 되리라 나는 생각 해 봅니다. 세 살 버릇 여든 간다는 말이 있지요. 그러니 말버릇도 쉬 버리지 못하고 습관으로 남아 남들의 손가락질을 받습니다.

양심과 정직을 여러분은 어떻게 표현하겠나요. 나는 공존公存과 언행이라 비유해 보겠네요. 공존 속에는 너와 나의 권리와 의무가 들어있고 언행 속에는 믿음과 정직이 내포되어있다고 생각합니다. 바꾸어 말하면 공존을 무시하면 이미 욕심이 발동했고 언행이 불일치하면 정직과는 등을 돌리는 게 아닌가요. 따라서 양심과 정직은 욕심과 언행이라 생각하면 내 생각에 무리가 있는가요.

(칭찬과 충고)

본인을 기준으로 누구나 칭찬받기를 싫어하는 사람은 없으리라 생각이 드네요. 그렇다면 반대로 충고나

꾸지람을 원하는 사람은 없거나 있어도 많지 않을 것으로 생각하네요. 입으로는 꾸지람이나 충고를 해달라고 말을 하는 사람도 있지만 막상 그 상황에 이르면 각가지 변명으로 돌아오고 때로는 결별도 감수해야 하지 않던가요.

고로 부부나 부모와 자식 간에도 생각이 다르다고 돌아설 수 없다면 서로가 상대를 내 생각에 맞추라기보다는 상대의 생각과 내 생각을 대중사회에 띄어놓고 평가를 구할 수 있다면 상대방의 동의와 나의 바람이 상생하는 결과가 있지 않겠나요. 그렇다면 이 가정의 화목과 행복은 영구 불멸하리라고 나는 생각합니다.

내 생각

나는 의류 제작도 수선(리폼)도 군인 학생 명찰도 새겨주는 일까지 하고 있다. 보는 사람에 따라 생각은 다양하겠지만 나는 자부심을 품고 일에 임한다. 그러기에 내 팔십 평생 지금까지 내 직업에 대하여 후회해 본 적은 없다.

그런데 가끔은 짜증이 나게 하는 손님이 있다. 어느 날 황금만능주위의 생각을 갖은 젊은 여자 손님이 찾아왔다. 그 손님의 주문 내용은 바지 기장을 줄여 달라는 것이었다. 그래서 하던 일을 마무리하고 해주겠다고 하니까 그 손님 나에게 하는 말인즉 돈 더 주면 될 것 아니냐는 말을 던져왔다.

그래 나도 인간인지라 부아가 치밀어 올랐다. 그래서 이 손님 박정희 전두환 시절 급행료 내고 하는 일만 해보았었나 하였더니 바로 알아듣고 죄송하다는 말로 바뀌었다. 그래 손님을 야단쳤으니 해주어야 할 것 같다는 생각에 시간이 어느 정도 있냐고 물었더니 30분 정도 여유가 있단다.

그래서 알았다고 하고 그 시간에 맞춰 해주면서 조금 전 돈을 더 준다고 하였는데 얼마나 더 줄 생각이 었느냐고 물었더니 수선비가 3천 원이라기에 5천 원을 주고 갈 생각 이였단다. 그래 일한 만큼만 받으면 된다고 말해주고 3천 원을 받고 보냈다.

그때 그 상황을 처음부터 끝까지 보고 있던 손님 한 사람이 사장님은 이일을 왜 하시지요. 물었다. 글 쎄라고 대답하니 돈을 벌기 위해서 이 일을 하시는 것 아니냐고 묻는다 그렇다고 그랬더니 그러면 조금 전 그 여자 손님이 돈을 더 준다는데 훔치는 것도 아 니고 세금 붙는 것도 아닌데 왜 안 받지요.

그래서 나는 이런 질문을 그 손님에게 했지요. 내 가 그 2천 원 더 받으면 내 운명이 달라질까요? 아 니면 그 여자 버릇이 고쳐질까요? 그랬더니 그 손님 그것은 아니겠지요. 그렇다면 굳이 그 돈을 더 받아 야 할 이유가 없지 안느냐라고하니 사장님 말씀 듣고 보니 그렇네요. 그래서 이런 말을 해주었었지요.

내 생각으로는 2천 원 더 받았을 때 그 여자가 어 디 가서 말하다가 어느 수선집에서 노인네가 바쁘다 고 하더니 2천 원 더 주니까 금방 해주더라고 할 거 아니에요. 그럼 나는 2천 원짜리 인생밖에! 나에게 질문하던 그 손님 제 생각이 짧았다고 말을 해서 씁 쓸한 웃음으로 마무리했었던 일도 있었습니다.

덕의 이야기

미국에 있는 사막 한복판에서 낡은 트럭을 몰고 가던 멜빈 다마라는 한 젊은이가 허름한 차림의 한 노인을 발견하고 급히 차를 세웠다. 그러고는 어디까지 가십니까? 타시지요. 제가 태워드릴게요. 그 노인은 고맙소. 젊은이 라스베이거스까지 가는데 태워줄 수 있겠냐고 하면서 낡은 트럭에 올라탔다. 어느덧 목적지인 라스베이거스에 도착했다. 가난한 노인이라 생각했던 젊은이는 25센트를 주면서 차비에 보태쓰시라며 주었다. 그러자 노인은 친절한 젊은이로구먼 하면서 어디 명함 한 장 주게나 하며 젊은이의 명함을 받았다.

명함을 받은 노인은 멜빈 다마 고맙다네 이 신세는 꼭 갚겠네. 나는 하워드 휴스라고 하네 그 후 세월이 흘러 이 일을 까마득히 잊어버렸을 무렵에 기상천외할 사건이 일어났다 세계적인 하워드 휴스 사망이라는 기사와 유언장이 공개되었기 때문이다. 하워드 휴스는 영화사·방송국·호텔·도박장 등 50개 업체의 회장이었다.

그런데 놀란 것은 그의 유언 중에 16분의 1을 멜빈 다마에게 증여한다는 내용이 유언장에 기록되어 있었다. 가족들과 지인들은 멜빈 다마라는 사람이 누구인지 도대체 아는 사람이 없었다. 다행히 유언장 뒷면에 하워드 휴스가 적어놓은 멜빈 다마의 연락처와 함께 자신이 일생 살아오면서 가장 친절한 사람이란 메모가 있었다.

그 당시 하워드 휴스의 재산이 250억 달러 정도였다. 16분의 1은 1억 5,000만 달러 우리 돈으로 대략 2천억 원가량 되었다. 낡은 트럭을 태워준 친절과 25센트의 차비로 친절을 투자해 2천억 원으로 되돌아온 것이다. 이글이 우리에게 두 가지 교훈을 보여준다.

친절의 가치는 이렇게 클 수 있다는 것이며 그 많은 재산을 두고 떠난다는 것이다. 실제로 하워드 휴스가 남긴 마지막의 한 말은 낫씽{Nothing} 즉 인생을 살아보니 아무것도 아니라는 것이다. 그는 죽어가면서 아무것도 아니면 라는 말을 남기면서 운명했다고 합니다.

어느 답답한 사람 이야기

답답하고 고지식한 이창업 씨 이야기입니다. 이 아저씨는 대구 상고를 졸업하고 양조장에서 경리사무를 보던 사람이었습니다. 그의 성품은 단돈 1원 한 장도 속임 없는 계산과 정직으로 일하였기에 절대 사장을 속이거나 장부를 속이는 일이 없었습니다.

그러던 양조장이 새로운 주인한테 인수되었으나 정직하고 성실하게 일을 잘한다는 평을 들었기에 새로운 사장님도 양조장 경리 일을 계속 보도록 하였으며 오히려 더 많은 중책을 맡기기까지 하였습니다. 그당시 다른 양조장의 경리들은 횡령과 장부 누락 등으로 은밀하게 푼돈을 챙기는 것을 관행처럼 여겼던 시절이었지만 이 답답한 이 씨 아저씨는 단 한 푼도 챙기지 않았습니다.

사장은 또 다른 양조장과 과수원 등의 모든 경영을 맡기고 본인은 서울에 가서 무역업을 시작했습니다. 그리고 무역업으로 양조장 사장님은 큰 성공을 거두어 더 많은 돈을 벌고 있었기에 양조장이나 과수원의 경영에 대해서는 일절 관여치 않았지만 그래도 답답한 이 씨 아저씨는 추호의 차질이 없었습니다.

너무 정도를 걸었기에 주위에서는 답답하다는 핀잔

을 들으면서까지 양조장 두 곳과 과수원 수익을 조금
씩 불려 나갔습니다. 그리고 얼마 후 전쟁이 터져 피
난을 미처 떠나지 못한 양조장 사장님은 가족들과 같
이 혜화동에서 숨어지내다가 서울이 수복되었으나 업
장 등이 완전히 폐허가 되었기에 가족들을 데리고 지
방에 있는 양조장으로 내려갑니다.

　중일 전쟁을 거쳐 한국동란을 맞이하였기에 사장님
의 재산은 한 푼도 융통이 불가한 상태였습니다. 그
런 그가 양조장에 도착하니 보통 사람이라면 대부분
운영자금을 횡령하여 피난을 핑계로 도망하는 일이
대다수였지만 우리의 답답한 이 씨 아저씨는 그 자리
에서 계속 성실하게 근무하고 있었습니다.

　양조장 사장님은 답답한 이 씨 아저씨한테 양조장
과 과수원의 운영 결과를 묻자, 그동안 벌어 모아두
었던 3억 원을 바치면서 군납 등으로 영업이 잘되었
습니다. 라고 말하자 양조장 사장님은 울먹이면서 야
이 친구야 자네가 큰돈 3억 원을 하고 자기 자녀들에
게 이 답답한 이 씨 아저씨에게 우리 집안은 항상 이
일을 잊지 않고 고마워해야 한다고 강조했습니다.

　그 후 3억 원을 종잣돈으로 다시 전후 무역업과 제
조업을 시작해 오늘날 세계적인 기업 삼성으로 성장
하게 됩니다. 그 답답했던 경리 아저씨가 이창업 사
장님이시고 그때 그 양조장의 사장님이 호암 이병철

회장님이시다. 그 후 이창업 사장님은 삼성의 주요 계열사에 근무하다 정년으로 퇴임하였으며 이병철 회장은 이 답답한 이창업 사장을 항상 곁에 두고 평생 우애를 나눴습니다.

후회를 만들지 말자

새 옷을 입으려면 헌 옷을 벗어야 한다는 말이 있
듯이 양손에 들고 하나 더 가지려는 욕심이 생기면
한 손에 든 것을 내려놓아야 하지 않겠는가? 손에 들
고 있는 것도 놓자니 아까울 텐데 그러기에 욕심도
허영도 적당히 멈출 줄 알아야 하지 않겠나! 그래야
또 다르고 귀한 것을 얻을 수 있으며 추후 후회하는
일도 생기지 않을 것이다.

100원 욕심부리다 1,000원 놓치는, 즉 소탐대실이
지요. 또한 사람들에게 칭찬에는 약하고 단점 지적에
강하면 불행 불화의 씨앗이 되어 훗날 나의 삶에 후
회로 돌아올 것이다. 또한 나의 장점도 조그마한 단
점에 묻혀 가기도 너무나 쉬운 일인 것이다.

내 이름 석 자는 나를 대표하며 또한 나의 장단점
을 대표하기도 한다. 그래 뭇사람들은 그 이름을 앞
세우고 명예와 부를 위하여 생존경쟁을 하고 있지 않
은가. 그러나 모든 것이 내 생각대로 내 욕심대로 이
루어지겠는가. 바꾸어 말하면 돈을 주고 마음을 얻을
수도 있고 마음을 주고 돈을 얻을 수 있다면 행복이
란 조금 다르지 않겠는가.

내 생각으로는 돈을 주고 사는 행복은 빠를지는 몰

라도 진실하지는 못하다. 진실을 얻지 못하면 짧게 끝나며 마음을 주고 참고 기다리면서 헌신하는 인내에서 얻어지는 행복은 영원하겠다고 생각하면서 아울러 내가 말할 수 있는 남의 탓 그중에는 나의 탓도 있을 것이다.

나의 생각일 뿐 만인이 통하는 생각은 아니다. 그러므로 남의 생각도 진실한 마음으로 받아들여 객관적인 선택과 평가를 할 수 있도록 마음에 여유를 가져야 주위의 신임과 존경을 받을 수 있으며 고통 뒤에 오는 영광은 즐겁고 행복하나 영광 뒤에 오는 고통은 힘들고 불행하다.

그러기에 어제의 영광과 오늘의 고통은 세월에 맡기고 내일의 새역사를 쓸 준비를 하여야 우리가 살아감에 있어 영광과 고통을 괜찮은 추억으로 만들어 삶의 질을 높일 수 있지 않겠는가? 그것들은 마음먹고 행동하기에 있지 안 되는 것은 아닐 것이다.

참고할 명언들

1) 나에 대한 믿음과 자신감을 잃으면 온 세상이 나의 적이 된다.

2) 항상 날씨가 맑으면 대지가 사막이 되어 버리고 비가 내리고 바람이 불어야만 비옥한 땅이 되어 농작물이 자라듯 또한 계속 비만 내려도 식물들은 자라지 못하며 자란다 해도 부실해서 열매를 맺지 못한다,

3) 같은 실수를 다시 하면 바보이고 같은 실수를 하더라도 두려워하고 새로운 실수를 두려워하지 마라

4) 오늘은 당신의 남은 인생 중 첫 번째 날이 다 어제는 가버렸으니 어쩔 수 없고 내일은 아직 오지 않았으니 쓸 수가 없고 오늘만이 내 날이고 마음대로 쓸 수 있는 날이니 시작과 마무리를 잘해야 한다.

5) 인생은 곱셈이다 어떤 기회가 와도 내가 제로면 아무런 의미가 없다. 그러니 항상 건강과 함께 기회를 기다려야 한다.

6) 달과 별은 바라보는 자에게만 빛을 줌으로 내가 가까이 쫓아가야 한다.

7) 생명이 있는 한 희망이 있다. 실망을 친구로 삼을 것인가? 아니면 희망을 친구로 삼을 것인가?

8) 실패란 넘어지는 것이 아니라 넘어진 자리에 머물러 있는 것이다. 밉게 보면 잡초 아닌 풀 없고 곱게 보면 꽃 아닌 사람 없다

9) 털려고 들면 먼지 없는 이 없고 덮으려 들면 못 덮을 허물 없다.

10) 무덤이란 고요한 연못에 담기는 달이다.

11) 말은 2년이면 배우고 경청은 60년이 걸린다. 그래서 60세를 이순耳順 즉 회갑이 되어야 귀가 열린다는 뜻이다.

12) 화살은 심장을 관통하고 매정한 말은 영혼을 관통한다.

품위品位라는 말엔 한 자 입구자 셋으로 만들어진 말이다. 입을 잘 놀리는 것이 품위의 잣대다.

군자의 군(君)을 보면 다스릴 윤(尹) 아래에 입구(口)자가 있다. 이는 입을 잘 다스릴 줄 아는 것이 군자라는 뜻이다.

3부 약속

3부 약속

약속

1. 이에리수 이야기

인생이 살아가는데 두 가지 중요한 것이 있다 하나는 먹는 것과 또 하나는 믿는 것 옛 선인 공자는 먹는 것보다 믿음을 앞세웠지요. 먹는 것과 믿는 것 어느 것이 더 중요할까요 해가 바뀌면 재야에 울리는 보신각종의 울림도 믿음이 멀리멀리 퍼지기를 위한 종소리랍니다.

먹는 것과 믿는 것 어느 것이 더 중요할까요? 이 믿음을 지켜낸 이가 있어 글로 옮겨 적어 봅니다. 1910~~2009년까지 99세를 일기로 살다 가신 이애리수 유명한 황성옛터를 처음 불렀던 가수입니다.

그는 절정에 올랐던 시절 연세대학교 배DD 씨라는 학생과 열렬한 사랑 속에 결혼을 약속하고 시부모님 앞에 섰는데 시댁에서 가수라는 이유로 완강하게 반대하였기 때문에 그녀는 자살소동까지 벌였지만, 시댁의 고집은 꺾을 수는 없었습니다.

마침내 시아버지와 굳은 약속을 하고 결혼을 허락받았습니다. 그는 그 후 시아버지와 약속한 가수라는 사실을 숨기고 앞으로는 가수 활동을 하지 않겠다는 약속이었습니다. 그렇게 하고 결혼 생활 2년 후에 그의 시아버지는 사망하였습니다. 이때 남편이 아버지가 돌아가셨으니 이제 가수 활동을 해도 되지 않겠느냐는 제안을 했었으나 아버님은 돌아가셨지만, 약속은 살아있다고 거절했습니다. 그렇게 그녀는 평범한 주부로 살다가 98세 때에 그녀의 존재가 알려지고 99세에 죽음을 맞았다고 합니다.

그래서 그녀의 자녀들도 어머니가 가수였다는 사실을 모르고 자랐다고 합니다. 약속이란 이렇게 중요하고 값집니다. 이런 분들에게 지조, 청렴, 결백, 등 무슨 확인이나 보증이 필요하겠습니까? 현 우리 사회가 어떻습니까? 밖으로는 정치하는 사람들로부터 안으로는 부모와 자식 간 부부간에도 서로가 의심부터 앞세워 짙은 색안경들을 쓰고 살고 있지 않은가요

짙은 색안경 속을 벗어나려면 내가 한 약속부터 목숨을 걸고 지켜나갑시다. 약속을 보통으로 생각하는 사람들 흔히들 그럴 수도 있지 않냐고 치부해 버리는 경우가 있지요. 그런데 그렇게 생각하고 있는 사람이라면 10명이 모이기로 했다면

당신의 늦은 10분이 상대들의 100분을 아무 조건 없이 훔친 겁니다. 죽음을 앞둔 환자들을 보세요. 단 몇 분 몇 시간이라도 더 살려고 발버둥 치는 것을 우리 모두 남을 위하고 나의 값을 올리는 약속을 쉽게

하지 말고 한 약속은 어떠한 손실이 따를지라도 지켜야 하지 않을까요.

2. 독립운동가 안창호 선생님

안창호 선생님이 독립운동할 때의 이야기입니다. 그는 친척 집 어린아이에게 내일 모래 과자를 사주겠다고 약속하였기에 그 약속을 지키기 위해서 과자봉지를 가지고 어린이를 찾아가는데 일본 경찰이 미행하고 있었습니다.

그는 일본 경찰이 미행하는 것을 알면서도 어린이와의 약속을 지키기 위하여 친척 집에 갔다가 결국 일경에게 붙잡혀 감옥살이하게 되었고 결국 옥사를 하고 말았습니다.

생각해 보면 참으로 위험을 느끼면서도 우직한 행동 그렇게 어린아이하고의 약속도 지켰던 그런 정직한 정신으로 독립운동을 하였기 때문에 지금, 이 순간에도 우리 민족의 가슴속에 살아 있지 않은가요.

인간은 살아있을 때 어떤 감투를 썼느냐가 중요한 것이 아니라 어떻게 살았느냐가 더 중요하고 그에 따라 높고 낮은 평가를 받게 되지요. 인간만이 이 약속을 하고 지키고 살아가고 있습니다. 그 약속이 지켜지지 않을 때 불신이 깊어지고 사회는 병들어갑니다.

3. 45년 전의 약속

시골 초등학교 운동장의 한구석에 머리가 희끗희끗한 노신사 한 사람이 서 있습니다. 그 신사는 어릴 적 친구와 나이 60이 되면 이 운동장에서 다시 만나기로 약속을 했었기에 이 자리에 나와서 45년 전 그때 친구를 기다리고 있었습니다.

잠시 후에 청년 한 명이 급하게 운동장으로 뛰어와 노신사에게 물었습니다. 혹시 어르신은 어릴 적 친구를 만나러 오셨나요. 그런데 당신은, 아버님이 2년 전 지병으로 돌아가셨습니다.

돌아가시기 전에 어릴 적 부모 없이 보육원에서 함께 자란 친구인데 연세가 60세가 되면 이 자리에서 오늘 만나기로 약속했다면서 날짜를 가르쳐 주시면서 오늘이 되면 대신 나가서 만나달라고 저에게 말씀하셨습니다.

노신사는 친구의 죽음을 매우 슬퍼했습니다. 하지만 약속을 지켜준 친구의 마음이 너무도 고마웠습니다. 노신사는 동대문 시장에서 의류 제조 판매업으로 성공하여 수천억 원을 가진 재벌 회장이었습니다.

그런데 안타깝게도 그 슬하에는 자녀가 없었습니다. 그는 오래전부터 자신의 사업 후계자를 찾던 중이었는데 친구의 아들을 만나자, 대를 이어 지킨 그 청년의 약속이 믿어져 자신의 가업을 안심하고 맡길 만하다고 여겨졌습니다.

그는 오랜 고민 끝에 친구의 아들에게 가업을 맡기기로 마음에 결정을 내리고 자초지종 이야기를 나누고 그 친구의 아들에게 가업을 맡아 주라고 부탁하게 되어 가업의 후계자와 아들의 역할까지 하게 된 아름다운 이야기입니다,

평소의 우정과 믿음은 돈으로 사고팔 수 없는 큰 재산임으로 우정과 믿음을 소중하게 생각하고 인과 관계를 맺어야 한다는 교훈인 것 같아서 여러 사람과 공유하고 싶어 이글을 써 보았습니다. 감사합니다,

내가 모르고 있는 소중한 것
(어느 등산가의 이야기)

거의 탈진 상태에서 어느 허름한 집 문 앞에서 계십니까? 계십니까? 잠시 후 어떤 할머니가 나왔습니다. 그는 주인의 허락도 구하지 못하고 무조건 들어가 쓰러지고 말았습니다.

그리고 얼마나 지났을까? 정신이 들고 보니 그 할머니가 자신을 간호하고 있었습니다. 할머니 하는 말씀 "이제 정신이 드오."" 아. 죄송합니다. 허락도 없이 이렇게 폐를 끼쳐서." 라고 했습니다. 그랬더니 할머니가 "아니요 더 머물다 가시오"

눈보라가 멈추려면 며칠은 더 있어야 한다오. 할머니는 가난했지만, 등산가에게 겨울 양식을 꺼내어 함께 며칠을 보냈습니다. 등산가는 눈보라가 끝나는 날만을 기다려야만 했습니다. 할머니는 등산가를 아들 대하듯 정성껏 보살펴 주었습니다. 나도 자네만 한 아들이 있었다오. 지금은 이 세상에 없지만 이놈의 산이 문제요 이놈의 산이 변덕이라. 등산가는 이 생명의 은인인 할머니에게 보답하기 위해 어떻게 해드릴까, 생각 끝에 할머니가 살고있는 집을 보니 온통 구멍이 나고 차가운 바람이 이곳저곳에서 들어있습니다. 그래 이 할머니 집을 따뜻하게 살 수 있도록 새로 지어드려야 하겠다고는 생각이 들었다. 그 등산가는 다름 아닌 거대기업의 사업가 회장이었습니다. 눈보라가 끝나는 날 회장은 몰래 수표를 꺼내 봉투에 넣었습니다. 그러고는 "할머니에게 말했습니다. 할머니 이거 받으세요" "이게 뭐요 이제 이거면 겨울을 따뜻하게 보내실 수 있으실 겁니다." 그러고는 웃음을 지으며 떠났습니다.

그리고 몇 년 후 회장은 다시 그산에 등산을 가게 되었습니다. 할머니가 과연 따뜻하게 지내고 계실까 궁금도 하고 해서 과거 끔찍한 등산 경험이었지만 그 산으로 다시 떠났습니다. 그런데 그 할머니 그 집이 그대로 있는 것이었습니다.

뛰어 들어가자, 방안에서 부패한 냄새가 진동하고 할머니는 홀로 죽어 계셨습니다. 아마도 겨울 양식도 없고 작년에 너무 추워 동사한 듯 보였습니다. 아니 이럴 수가 내가 분명 그 큰돈을 드렸는데 그때 자신이 준 수표가 창문 구멍 난 곳에 바람막이로 붙여져 있지 않은가? 아뿔싸 그때 서야 회장은 자기 잘못을 후회하며 할머니를 양지바른 곳에 묻어드렸습니다. 그리고 깨달았습니다. 아무리 귀한 것이라도 깨닫지 못하면 휴지 조각이 되는구나. 귀한 것이라도 알지 못하거나 깨닫지 못하게 되면 아무 의미가 없는 휴지 조각이구나 어쩌면 내 주변에도 휴지 조각 같지만, 귀한 것이 있을 수도 있고 할머니가 주신 귀한 음식이 어쩌면 내겐 귀한 보석이었는데 난 그것을 휴지로 드렸구나! 주변에 보석이 있어도 깨닫지 못하면 문풍지로 사용하듯 말이야.

미국 33~34대 대통령 트루먼

우리나라 6.25 전쟁 때 이야기로 전쟁 발발 보고를 받고 1분도 지체하지 않고 미군을 참전시킨 트루먼 대통령에 대한 감동적인 글이기에 여기에 소개합니다. 그 이름 해리s 트루먼은 미국 제33~34대(1884~1972) 대통령으로 20세기의 미국 대통령 중 유일하게 대학을 나오지 않은 고졸 출신이다.

트루먼은 육군 사관학교에 가고 싶었는데 여러 가지 이유로 인해서 그 꿈을 펼치지 못했다고 한다. 학벌도 없고 집안 배경도 대단치 않았기 때문에 젊었을 때 그가 가졌던 직업 역시 변변찮았다. 기차역에서 검표원을 하기도 하고 조그마한 상점을 경영하기도 했지만 그나마 잘되지 않아서 문을 닫아야 했었다.

이러한 평범한 사람이 세계 최 강대국 미국의 대통령이 되었다는 것 자체가 대단히 신기한 일이다. 그런데 이런 그의 행적들을 살펴보면 트루먼은 하나님께서 우리나라를 위해 예비해 두신 사람이라는 것을 알 수 있다. 그는 지극히 평범했지만 몇 가지 장점이 있었다. 그중의 하나가 용기였다.

강한 자가 약한 자를 괴롭혔을 때 약한 자의 편을 드는 정의로운 용기가 트루먼에게 있었다. 젊은 시절 그는 1차 세계대전이 일어나자 자원해서 입대했다. 원래 트루먼은 지독한 근시 때문에 군 복무를 할 수 없음에도 불구하고 미합중국 신체검사에서 시각 검사판을 통째로 외워서 통과한 후 포병장교가 되어 열심히 싸웠으며 대위까지 승진하였다.

용감하고 서민적이고 그리고 아주 평범하고, 평범한 사람이 바로 트루먼이었다. 1944년의 정, 부통령 선거에서 부통령에 당선되었고 1945년 4월 얄타회담 직후 루스벨트가 뇌출혈로 별세하자 이어서 대통령이 되었다. 그는 대통령이 되자마자 대단히 중요한 문제들을 결정하고 처리해 나갔다.

특히 제2차 세계대전 맨해튼 프로젝트의 보고를 받고 일본의 히로시마와 나가사키에 원자폭탄 투하를 지시했다. 트루먼은 두 차례의 세계대전에서 마지막 사건을 장식한 유일한 인물이라고 볼 수 있다. 1948년 재선에서 트루먼의 재선 가능성은 불투명했다.

대통령 선거일 자신의 패배를 예상하고 일찍 잠자리에 들었으나 아침에 일어나자, 박빙의 차이로 당선되었다는 걸 알게 되었다. 이런 트루먼이 대통령으로 재임할 당시 한국전쟁 연합군 총사령관으로 있던 사람이 맥아더 장군이었다. 트루먼은 육군 사관학교에 가고 싶었는데도 못 갔지만 맥아더는 육사 출신일 뿐만 아니라 수석 졸업생이기도 했다.

이 천재 장군이 얼마나 교만하게 굴었는지 트루먼 대통령이 꽤 고생했다고 한다. 트루먼 대통령은 맥아더 장군과의 대립 관계 속에서도 전쟁에서 승리하기 위해 인내하지만 결국 인천 상륙작전 이후 확전하려는 맥아더를 해임하기도 했다. 트루먼과 한국전쟁을 이야기할 때 빼놓을 수 없는 또 한 분이 있다.

당시 남한의 대통령이었던 이승만 박사다. 이승만은 조선의 왕족 출신으로 하버드 대학을 나와서 박사 학위까지 받은 인재다. 굉장히 곧고 또 오만한 성격이다. 망해가는 나라를 미국이 그렇게 피를 흘려 가면서 구해줬음에도 이승만 대통령은 절대로 고분고분하지 않았다.

백악관에서 회담하다가도 트루먼 대통령을 향해서 이런 고약한 사람이 있느냐면서 소리를 지르고 화를 내는 일도 있었다고 한다. 이런 수모를 받아 가면서도 한국을 도와준 사람이 트루먼 대통령이었다. 트루먼은 두 번에 걸쳐 한국을 도와주었다.

첫째는. 한국전쟁에 파병한 것이다. 미국 시각으로 1950년 6월 24일 토요일 밤 9시에 잠자리에 들려던 트루먼에게 북한군이 남침했다는 보고가 들어왔다.

정치인 대부분은 이런 보고를 받을 때 정치적인 계산을 할 것이다. 이 전쟁이 본인의 나라에 어떤 영향을 줄지에 대해 자동으로 생각하게 된다.

그런데 트루먼은 전쟁 발발 소식을 듣고 단 10초 만의 한국전쟁에 참전을 결정했다. 계산할 줄 모르는 농부처럼 트루먼의 생각은 한가지였다 나쁜 놈들이 쳐들어왔으니 물리쳐야 한다는 단순 논리였다. 바로 그 용기가 있는 결정이 한국을 살렸다. 그 순간을 위하여 하느님께서는 시골 출신의 트루먼을 대통령으로 세우셨나 보다.

두 번째로 트루먼은 한국을 포기하라는 요구를 거절했다 1950년 10월 중국군의 참전으로 전세가 불리했을 때 영국 에트리 수상은 트루먼 대통령에게 한국에 배치된 병력을 유럽으로 철수시키자고 제안했다. 영국의 제안에 미국의 주요한 인물들이 찬성했다.

대표적인 사람이 영국 대사를 지낸 조셉 케네디다 그는 공개적으로 한국 포기론을 주장했다. 명문가 출신에 정치 감각이 뛰어난 자들은 한국을 포기해야 한다고 주장했다. 그러나 시골 출신으로 의리를 중요시하는 트루먼은 단호하게 반대하고 한국을 도왔다.

우리는 한국에 머물 것이고 싸울 것입니다. 다른 나라들이 도와주면 좋겠습니다. 그러나 도와주지 않아도 우리는 어떻게든 싸울 것입니다. 우리가 한국을 버린다면 한국인들은 모두 살해될 것입니다. 그들은 우리 편에서 용감히 싸웠습니다. 우리는 상황이 불리하게 돌아간다고 해서 친구를 버리지 않습니다.

그는 연합군의 철수를 거절하고 의리있게 행동했다 트루먼은 한국을 포기하지 않고 오히려 1차, 2차 대전 때에도 하지 않았던 국가 비상사태를 선포했다. 그리고 그는 물가와 임금을 통제하고 그걸 가지고 한국에 쏟아부었다가 국방예산을 올리고 중국군과 맞서 싸웠다.

결국 엄청난 돈이 투입되고 5만 명이 넘는 미군이 목숨을 잃고 10만 이상이 다친 후에야 전쟁이 멈췄다 우리나라 역사의 근 현대사를 살펴보면 미국의 도움이 있었기에 우리나라가 살아남을 수가 있었고 우리가 이렇게 성장할 수 있었음은 부인할 수 없는 역사적 사실이다.

세계사와 우리 한국의 역사를 제대로 알지 못하면서 우리나라의 근현대사에 대해서 미국의 도움에 대해서 이승만 대통령에 대해서 함부로 평가 절하해서는 안 된다. 젊은 세대들도 이제는 바로 알고 제대로 판단해야 한다. 당시 트루먼은 한국전에 막대한 물자와 군인을 투입한 것에 대해 대내외적으로 많은 비판을 받으면서 우리나라를 전장에서 구해준 사람이다.

그런데 시간이 지날수록 트루먼에 대한 평가는 더욱 좋아졌다 공산화 위기에 놓인 작은 나라에 불과했던 대한민국이 이후 계속해서 성장해 놀라운 발전을 이루었기 때문에 한국을 독단적으로 도와준 트루먼의 평가도 더욱 높아졌다. 강대국 대통령이라기에는 약점이 많고 학벌도 부족했으며 출신 배경도 좋지 않았던 트루먼 그는 미국 역대 대통령 중 시간이 갈수록 높게 평가받는 인물 중 한 사람이 되었다.

그는 한반도를 파멸의 위협에서 구해낸 숨은 공로자라고 할 수 있다. 정치 세계에서는 그의 타고난 우직함과 순박함이 약점으로 작용했을지 몰라도 그러했기에 오히려 한국을 전쟁에서 구하는 하나님의 도구가 되었음을 기적으로 알 수 있었다. 기독교인으로서 강한 자가 약한 자를 도와야 한다는 믿음과 신념을 가지고 끈기 있게 실천했다.

북한군이 남침했다는 보고를 받고 10초 만에 한국 참전을 결정한 미국 트루먼 대통령! 엄청난 돈 투입 5만 명이 넘는 전사자 10만 명 이상의 부상자가 발생하는 전쟁에서도 한국을 포기하고 연합군을 철수하자는 주장을 물리치고 우리나라를 끝까지 지켜준 분.

얼마나 위대한 분인가!
얼마나 고마운 분인가!
얼마나 감사할 일인가!

동방의 예의와 의리를

미국에 대한 우리 국민의 생각은 노소 빈부 차이 여야의 차이 사상의 차이 등 느낌의 차이가 많은 것 같습니다. 특히 6·25전쟁을 경험한 세대와 경험하지 못한 20~30대의 견해 차이는 하늘과 땅입니다.

그것 또한 우리 기성세대의 책임이 아닌가 생각해 봅니다. 은혜는 돌에 새기고 베풂은 모래 위에 쓰라고 했거늘 전쟁의 역사를 잊고 조상들의 식민지 노예 생활로 핍박받으며 짐승 취급받고 살았던 그 시절을 잊었나요. 못 들었나요?

물질만능 이기주의에 잦아들어 우리 집, 우리 것, 더 들어가 보면 네것 내것으로 이해타산에 목숨을 거는 현실에 살고 있는 것은 우리 기성세대의 직무태만이 작지 않았을 것이다. 그랬으면서도 요즘 아이들 싹수없다 싸가지 없다 하는 말 자주 합니다.

그 젊은이들 태어나서부터 싹수없었을까요? 아닙니다. 태어날 땐 다 천사들이었습니다. 우리 곁에서 자라면서 보고 듣고 배우면서 천사가 악마로 변했다면 아니라고 답할 건가요. 그 부모에 그 자식이라는 말이 있습니다,

어찌 젊은 세대에게 싹수없다고만 할 수 있겠나요. 우리 스스로부터 과거와 현실을 생각해 보아야 합니다. 그리고 말을 바꾸어 요즘에는 잘 모르겠습니다만 한때 미국 놈 나가라는 피켓을 들고 미국 대사관 관저 앞에서 집회하며 대모하고 길거리에 행군하던 때가 있었지요.

미국 사람들이 우리를 향해 무어라 했을까요? 아침의 나라 동방 예의지국이라는 나라에서 이런 행동과 양심을 차마 눈 뜨고 못 보아줄 만행이라 말할 수밖에 무슨 말로 당연성을 주장할 수 있을까요?

세계 2차 대전으로 일본의 포악하고 악독했던 36년 짐승 취급받던 식민지에서 해방해 주었고 일본 사람들이 나갈 때 모든 재산을 반출 금지해 우리에게 돌려주었고 불과 몇 년 뒤 북에 남침으로 6·25전쟁 당시에는 어찌했습니까?

유엔을 통한 참전 16개국 경비를 지원해 주면서 자신들의 고위층 자손들까지 죽음의 전선에 투입 그 많은 사상자를 내가며 대한민국을 지켜내 주었고 전쟁 잿더미 속에서 오늘이 있기까지는 음으로 양으로 말로는 다 못 할 온갖 생필품을 지원받았었지요.

그리고 특히나 당시에는 이, 벼룩, 모기, 파리, 벌레 등 해충이 심하다 보니 DDT라는 살충제를 비행기로 살포하게 되었고 그러다 보니 모든 동, 식물들이 손해를 입게 되어 우리가 먹고 살아가는 데 필요한 채소, 과일 등 식물에 없어서는 안 될 벌까지 다 죽게 되었었지요.

그러다 보니 꽃가루 배달 매개체까지 없어지게 되어 과일도 열리지 않고 특히 큰 피해가 동식물에 왔었습니다. 이때 미국의 헬파 내셔널이라는 봉사단체에서 벌 150만 마리를 200개의 벌통에 나누어 싣고 비행기 편으로 3박 4일에 걸쳐 공수해 왔던것이다.

이렇게 1952~1976년까지 24여 년 동안 44회에 걸쳐 젖소, 황소, 염소, 돼지 등 3,200여 마리의 가축에 오는 동안 그들이 먹어야 할 사료까지 싣고 300여 명의 카우보이들이 승선하고 약 7주간의 항해 끝에 우리의 나라에 도착하게 되었다고 하는데 그것도 반대급부 없는 무료 잊어서는 안 되겠지요,

그들의 도움은 그뿐만이 아니다 그 외에도 전쟁고아, 전쟁미망인, 장애인, 굶어 죽고 병들어 죽어가는 가련한 사람들을 위해 많은 사랑에 선물을 보내주었던 사실을 인간이라면 결코 잊어서는 안 될 것이다.

그리고 지금에 이 시각까지도 미국의 우산 아래 이렇게 세계 10위라는 경제발전을 가져와 우리가 잘 먹고 잘살고 있는 것을 결코 부정할 수 없다고 생각

하며 그렇게 물심양면으로 도와준 미국에 감사할 줄
모르고 혹여나 의리 없는 배신자가 되어서는 안 된다
는 생각에서 이 사람 마음을 적어 보았습니다.

우리도 이젠 지낼만하니 우리보다 힘들게 살고있는
전쟁으로 고통받고 있는 빈민들과 아프리카에 어려운
난민들에게 손 내밀어 나눔을 가질 수 있는 동방의
나라 대한민국이 되어준다면 후손들에게 크나큰 유산
으로 남겨 주게 될 것이며 아울러 세계에서 유일하게
친구 나라가 많은 우뚝 서는 대한민국이 되겠지요.

정성의 결과

어느 부잣집 영감이 그해 마지막 날 노비들을 다 불러놓고 말합니다. 내일이 정월 초하루다 "내가 내일 너희들을 다 해방해 줄 테니 내일부터 너희들은 노예가 아니니라" 이 말을 듣고 있던 노예들은 아주 기뻐하며 노예 문서를 태우며 환호했습니다.

그러면서 영감은 노예들에게 이렇게 말했습니다. 마지막 밤이니 정성을 다해 오늘 밤새도록 새끼줄을 꼬아라. 그리고 될 수 있는 한 가늘게 꼬도록 하여라 그러자 종들은 반응이 달랐습니다. 한 종은 마지막까지 부려 먹다니 영감탱이가 지독하군 하고 투덜거리며 마지못해 불평하며 주어진 볏짚을 빨리 없애려고 새끼줄을 굵게 꼬았습니다.

그런데 그중 한 사람은 이제 이 밤이 지나면 자유의 몸이니 얼마나 좋은가? 그러니 오늘은 아주 정성껏 일하자며 가늘게 새끼줄을 꼬았습니다. 다음 날 아침 영감이 곳간 문을 활짝 열어놓고 말합니다. 어젯밤에 꼰 새끼줄에 여기 있는 엽전을 꿸 수 있는 한 꿰어서 가지고 가라고 하였습니다.

굵은 새끼줄을 꼰 하인은 엽전 구멍에 새끼줄이 들어가지 않아 간신히 몇 개만 꿰어서 그 집 대문을 나

설 수 있었습니다. 그러나 주인 영감 말대로 새끼줄을 가늘게 꼰 노예는 많은 동전을 가지고 갈 수가 있었습니다. 잘되는 사람 성공하는 사람은 분명 나와는 뭔가 다른 것이 있습니다.

(머슴 이야기)

평안북도 정주에 머슴살이하던 한 청년이 있었다. 눈에는 총기가 있어 보이고 동작이 빠르고 부지런하고 총명한 청년이었다. 주인이 시키지 않아도 아침이면 일찍 일어나 마당을 쓸고 일을 스스로 찾아서 했다. 그는 아침이면 주인의 요강을 깨끗이 씻어 햇볕에 말려다가 안방에 들여다 놓는다

그러다 보니 주인은 이 청년을 눈여겨보면서 머슴으로 두기에는 너무 아깝다고 생각하고 그 청년을 평양의 숭실대학에 입학시켜 공부하도록 도와 주었다. 그 청년은 주인의 덕으로 대학 공부를 마치고 고향으로 내려가 오산학교 선생님이 되었다.

요강을 씻어 숭실대학에 간 그가 우리 역사에 길이 남는 독립운동가 조만식 선생님이시다. 후에 사람들이 물었다. 머슴이 어떻게 대학에 가고 선생님이 되고 독립운동가가 될 수 있었냐고 그는 그 물음에 이렇게 대답해 주었다고 합니다. 주인의 요강을 정성들여 씻을 수 있는 정성을 보여라." 남의 요강을 닦

아줄 수 있는 겸손과 자기를 낮출 줄 아는 아량 그
정신이 위대한 우리 대한민국의 독립운동가 조만식
선생님이시다.

반석평

1) (노예 신분에서 제상까지)

양반 가문의 서자로 태어난 반석평은 노비 신분으로 이 참판 댁의 종으로 살게 된다. 그런데 반석평은 주인집 아들이 공부하는 동안 몰래 밖에서 도둑 공부를 하는 등 공부에 대한 열의가 대단했다.

이에 반석평의 재능을 눈치챈 주인은 그 노비문서를 불태우고 반석평을 어느 돈 없는 양반 집안의 양자로 들어갈 수가 있도록 주선해 주었다 그렇게 되어 반석평은 양반 신분을 얻게 되고 1507년 과거에 급제하고 후에 형조판서의 자리에까지 오르게 되었다.

형조판서의 시절 반석평은 어느 날 길을 가다가 자기 노비 신분을 없애준 주인의 아들을 만났다. 이야기를 들어보니 주인 집안은 어느새 몰락했고 주인의 아들인 이오성은 가난하게 살고 있었다. 그런데 종2품이었던 반석평은 그런 그를 보자 수레에서 내려 이오성에게 절을 하고 후에 반석평은 중종 임금에게 자신의 신분을 밝히고 이오성에게 벼슬을 내려 줄 것을 청했다.

이를 기특하게 여긴 조정에서는 반석평의 원래 신

분이 밝혀졌음에도 불구하고 반석평의 직위를 유지함과 동시에 이오성에게 벼슬자리를 내렸다. 노비 신분에서 재상 자리까지 오른 반석평은 후에 종1품 좌찬성까지 오르게 되었다. 그의 직계 후손이 반기문 전 UN 사무총장이다.

2) 한 거지 소년이 백악관의 주인이 되다.

오하이오주의 대농 부호인 태일러 씨의 농장에 한 거지 소년이 굴러들었다. 당시 17세의 짐이라는 소년이었다. 일손이 많이 필요한 이 집에서는 그를 머슴으로 고용했다. 그러나 3년 뒤 그의 외동딸과 짐이 서로 사랑한다는 것을 알게 된 태일러 씨는 몹시 노하여 짐을 때려서 내쫓았다.

그 후 35년이 지나고 낡은 창고를 헐다가 짐의 보따리를 발견했는데 한 권의 책 속에서 그의 본명을 찾았다. 그 당시 미국의 대통령이었다. 짐은 그동안 히랍 대학을 수석으로 졸업하고 육군 소장을 거쳐 하원의원에 여덟 번 당선하고 백악관까지 입성하게 되었던 것이었다.

선과 악

1) 선과 악의 차이

어느 부부가 유람선을 타고 여행하다가 폭풍을 만나 해상 사고가 났다. 그런데 그 배의 구조 조정 좌석이 한 석밖에 없었다 이때 남편은 부인을 남겨두고 구조선에 올랐다. 부인은 침몰하는 배에서 소리쳤습니다. 여보 우리 아이들 잘 부탁해요. 이 상황을 본 사람들은 이 남편을 어떻게 보았을까요?

아마도 의리 없고 못된 사람으로 심한 비난을 받겠지요. 자식들도 그런 아버지를 원망했겠지요. 그런데 얼마 후 자식들의 눈에 들어온 아버지의 일기장에서 그때 이미 어머니는 고칠 수 없는 중병으로 세상을 떠날 마지막 여행이었다. 일기에서 여보 미안해요.

그때 당신이 등 떠밀지 않았다면 나도 당신과 함께 바닷속에 빠져 죽고 싶었다고 하지만 그럴 수가 없었소. 우리의 눈에 넣어도 아프지 않을 사랑하는 자식들 때문이라는 글을 읽으면서 자식들의 마음은 어땠을까요? 선과 악이란 어떤 때는 복잡하게 얽혀 있어 쉽게 판단할 수 없을 것 같다.

그래서 생각은 인생에 소금이라고 말한 것 같습니다. 음식을 먹기 전 간을 보듯 말과 행동을 하기 전에 생각 한번 더 해봐야 하겠다는 생각이 든다.

2) 어떤 버스 기사

한참을 달려가던 버스 안에서 갑자기 아기 울음소리에 버스 안 승객들은 잠시 후면 그치겠지 하고 기다렸으나 아이는 그치지 않고 계속 울어댔다. 세 정거장을 가는 동안 계속 아이는 울어 댄다.

그렇게 그칠 기미가 없다 보니 승객들이 여기저기서 불평한다. 짜증이 난다고 내려서 택시 타고 가라 당신 개인 버스냐 등 화난 원성으로 가득 이때 버스 기사가 길 한쪽에 버스를 세우고 내려가 무엇인가 사들고 올라왔다.

그러고는 성큼성큼 아이 엄마에게로 다가가 긴 막대사탕의 비닐을 벗겨 아기 입에 물려주니 그제야 아기는 울음을 그친다. 버스는 출발했고 버스 안의 승객들은 그제야 안도의 웃음이 번져 나왔다.

다음 정거장에서 내려야 하는 아이 엄마는 버스 기사에게 다가와 고개를 숙이며 손등에 손을 세워 보입니다. 고맙다는 수화. 아이 엄마는 듣지도 말하지도 못하는 청각 장애인이었다. 아이 엄마가 내린 뒤 버스 기사는 그 아주머니와 아이가 보이지 않을 때까지 사랑에 차 불빛을 멀리 비추어 주고 있어도 누구 한 사람 빨리 가자고 재촉하거나 불평하는 사람이 없었습니다. 자기 관점에서 벗어나 조금 불편하더라도 상대방에게 배려하며 살아야겠다는 생각이 듭니다.

유무형有無形의 인격

　튼튼한 지반 위의 건축물이 잘 견디고 가격도 비싸
듯 인간 유무형의 인격도 건축물의 지반과같이 탄탄
한 인격과 의리를 갖추고 있는 사람에게는 많은 친구
와 지인들이 있어 황혼에도 외롭지 않게 살아가고 있
는 모습들을 보면서 인격에 대한 아쉬움과 욕심을 더
갖게 됩니다.

　우리가 살아가는 데는 먹고 입고 쓰는 돈과 재물이
필수이지요. 특히나 황금만능 시대 자본주위의 인 우
리나라 그러나 살기 위해 먹는 것과 먹기 위해 사는
것은 어떤 게 다를까요? 약을 먹고 싶어 먹을까요?
죽지 않고 살려고 먹을까요?

　생각의 차이라고 하겠지만 살기 위해서 먹는 것은
인격이고 먹기 위해 사는 것은 동물에 가까운 동물
격이라는 생각이 듭니다. 요즘 나를 대하는 사람들
언어의 질이 달라진 것을 볼 수 있어요.

　예를 들어서 내가 50억짜리 건물을 하나 가지고 있
다고 가정을 하였을 때 그런 대접 어림없다는 생각이
들어요. 따라서 이 세상에 부모님의 도움으로 왔지만
편하게 잘 먹고 잘살다 죽어간다는 것보다는 사람답
게 사람 노릇 한다가 죽어가는 것이 낫지 않을까요?

그래서 나는 누구에게도 인격을 말하고 싶네요. 그래요. 일단 배가 고프면 먹고 봐야 한다는 생각이 우선이겠지요. 그때도 인격은 어김없이 내 옆에 와있을 겁니다. 죽기 전까지 나와 동행하는 그 인격이 자신의 품격이고 가격입니다.

인격 갖춘 거지에겐 밥 한 숟갈 더 준답니다. 인격 갖춘 노인에겐 모두가 하나같이 존경합니다. 인격 갖춘 젊은이에게는 박수 보내고 응원합니다. 왜 우리 인간을 만물의 영장이라고 하였을까요 생각하는 동물이기에 일반 동물과는 달리 인격을 가지고 있기 때문이 아닐까요.

모두가 돈, 돈 하더라도 나만이라도 인격 먼저 돈은 다음으로 합시다. 그것이 한 번뿐인 화장품의 향기가 아니고 당신의 이름 석 자의 상표를 가진 영원한 향기 세상을 떠난 뒤까지라도 그 향기의 여운은 무궁할 것입니다.

이 사람의 지나친 욕심일까요. 우리 사람 다 똑같다고 하지만 외형은 같을지언정 세상을 보고 듣는 생각과 인격은 너무나 거리가 있고 값이 다릅니다. 한 가닥의 머리칼도 나름대로 그늘이 있을 겁니다. 우리 각자의 나름대로 크든 작든 인격을 가져봅시다. 그것이 세상도 우리들의 삶도 달라지는 길이요 저세상을 향해 가는 문도 열리리라 믿습니다.

내 인격은 얼마나 될까요

(이런 일화가 있습니다.)

고려의 명장 강감찬 장군이 귀주에서 거란군을 대파하고 돌아오자, 현종이 친히 마중을 나가 얼싸안고 환영했습니다. 또한 왕궁으로 초청해 중신들과 더불어 주연상을 성대하게 베풀었습니다.

한참 주흥이 무르익을 무렵 강감찬 장군은 무엇인가 골똘히 생각하다가 소변을 보고 오겠다고 현종의 허락을 얻어 자리를 떴습니다. 나가면서 장군은 살며시 내시를 보고 눈짓을 했습니다. 그러자 시중을 들던 내시가 그의 뒤를 따라나섰습니다.

강 장군은 내시를 자기 곁으로 불러 나직한 목소리로 "여보게 내가 조금 전에 밥을 먹으려고 밥그릇을 열었더니 밥은 있지 않고 빈 그릇뿐이더군. 도대체 어찌 된 일인가? "내가 짐작하건대 경황 중에 자네들이 실수한 모양인데 이걸 어찌하면 좋은가?

순간 내시는 얼굴이 새파랗게 질렸습니다. 이만저만한 실수가 아니었기 때문이었습니다. 오늘 주빈이 강감찬 장군이고 보면 그 죄를 도저히 면할 길이 없었습니다. 내시는 땅바닥에 꿇어 엎드려 부들부들 떨기만 했습니다. 이때 강 장군은 내시에게 이렇게 말했습니다.

"성미가 급한 상감께서 이 일을 아시면 모두 무사하지 못할 테니 이렇게 하는 것이 어떤가? 내가 소변보는 구실을 붙여 일부러 자리를 뜬 것이니 내가 자리에 앉거든 곁으로 와서 진지가 식은 듯하니 다른 것으로 바꾸어 드리겠습니다 하면서 다른 것을 갖다놓는 것이 어떨까?"

내시는 너무도 고맙고 감격스러워 어찌할 바를 몰랐습니다. 그와 같은 일이 있었던 후 강감찬 장군은 이 일에 대해 끝까지 함구했습니다. 그러나 은혜를 입은 내시는 그 사실을 동료에게 실토했으며 이 이야기가 다시 현종의 귀에까지 들어가 훗날 현종은 강감찬 장군의 인간성을 크게 치하해 모든 사람의 본보기로 삼았다는 고사가 전해지고 있습니다

아무리 지위가 높고 능력이 뛰어나고 돈이 많다 하더라도 인격이 갖추어지지 않은 사람은 존경받지 못합니다. 인간의 가치는 소유물에 있는 것이 아니라 그 인격에 있기 때문입니다.

4부 사연 실은 세월

4부 사연 실은 세월

백두산 여행

수년 전 인천공항에서 오후 7시 출발 비행기로 중국 대련 공항에 8시경 도착하였다 마중 나온 동생의 차편으로 영구란 도시에 9시 반경 도착하니 동생의 지인들이 만찬을 준비해 놓고 기다리고 있었다. 이 자리에 참석한 이 사람 저 사람의 술잔을 받으며 융숭한 대접을 받고 얼큰히 취해 숙소로 돌아와 여정을 풀고 잠자리에 들었다.

다음날 어제 과음했나 싶다 오늘은 속을 비워주는 것이 좋을 것 같다는 생각이 들어 아침을 간단히 하고 오늘도 동생의 차편으로 오전 10시 출발 선양 통화 백산을 거처 장백현에 도착하니 어둠이 내린다. 여기에서 1박을 하기로 하고 여정을 풀었다.

오늘 주행거리가 900km란다 이튿날 아침 호텔에서 식사를 간단히 해결하고 출발하게 되었다. 백두산에 오르는 길은 북파 남파 서파 세 길이 있는데 우리는 압록강 줄기를 따라가는 남파 길을 택했다.

압록강 줄기를 우측 옆으로 북한을 바라보며 계속 운행해 가는데 중국과 북한은 너무 심한 대조를 이루고 있었다. 중국 측은 짙은 녹음의 산이고 북한 측은 벌거벗은 산에 심한 경사의 산 부분까지도 작물을 심는 밭으로 변해있었다.

그러다 보니 여름 장마폭우에 산사태까지 염려를 안 할 수가 없었고 또한 압록강 줄기를 따라 양쪽으로 자동차 길이 있는데 우리가 가고 있는 중국의 길은 아스팔트 북한의 길은 차가 지날 때마다 구름 같은 흙먼지로 우리나라 6~70년대를 연상케 했다.

참으로 현지에서 대조 감을 느끼게 되었었다 그렇게 한참을 가는데 중간에 바리켓을 쳐놓고 차량을 통제한다. 내려서 공안들의 설명을 듣게 되었다. 내용인즉 여기서부터는 북한 사람들에 의한 위험지역임으로 더 갈 수 없단다. 하는 수 없이 차를 돌려 다른 길을 택해야 했다.

한참 갔던 길을 돌아나와 서파 쪽으로 진입했다. 이 길은 장백산을 따라가는 길이다. 계속 오르다 보니 매표소가 나왔다. 입장료는 꽤 비싸 1인당 4만여 원씩이나 되었다. 여기서부터는 승용차 운행을 할 수가 없고 자체에서 운행하는 셔틀버스를 이용해야 한단다. 셔틀버스를 타고 구불구불 한참을 오르는데, 양옆에 있는 산에는 하얗게 잔설이 눈에 들어왔다.

잠시 후에 이 길의 종점에 도착하니 6월인데도 날씨가 추워 입고 간 복장으로는 너무 추워 안 될 것 같았다. 여기가 해발 2,000m 정도 되나보다 그러니

추울 수밖에 없었다, 그런데 바로 눈앞에 방한복을 대여해주는 유료업소가 있었다. 대여비는 9,000여 원 보증금이 18,000여 원이란다

하는 수 없이 중국 돈 150원 결국 우리 돈 27,000원씩을 주고 빌려 입었다. 여기서부터는 계단을 이용 도보로 올라가야 하는데 무려 1,401개의 계단을 밟고서야 정상에 오를 수가 있었다. 정상에는 중국과 북한을 경계하는 경계비가 양면으로 중국과 조선으로 새겨져 있었다.

드디어 사진으로나 보던 백두산 천지를 바로 발아래로 내려다보는 순간 기분이 묘했다 우리나라 땅인데 왜 이렇게 돌고 돌아 어렵게 긴 시간을 거쳐 와야만 볼 수 있단 말인가. 또 한 번 분단의 아픔을 느껴본다. 천지를 둘러싸고 있는 화석들의 웅장함이 마치 백두산 천지의 탄생을 증명이라도 해주듯이 병풍처럼 삥 둘러쳐 있었다.

천지는 얼음이 녹지 않아 푸른 물결은 볼 수 없었다. 일행 중 한 사람이 오늘같이 이렇게 천지를 뚜렷하게 볼 수 있는 사람은 3대가 덕을 쌓았어야 한다는 말을 해주었다 그래, 나도 복 받은 사람이구나 생각을 하면서 이야기를 나누다 보니 우리의 이야기가 끝나기도 전에 벌써 안개와 싸락눈이 내리기 시작하더니 잠깐 사이 천지가 가려져 희미해져 버렸다.

여기는 이렇게 날씨가 변화무쌍하여 고생하고 와서도 제대로 보고 가기가 쉽지 않단다. 이렇게 백두산 여행을 마치고 어렵게 왔던 머나먼 길을 다시 돌아가야 한다. 이번 여행에는 동생의 협조로 편안하게 여행했지만, 동생에게 너무 부담을 준 것 같아 감사하고 미안한 마음을 동시에 갖게 되는 여행이었다.

아르헨티나 여행기

제1부

7월1일 오후 2시 50분 인천공항을 출발 7월2일 독일시간 7시 15분 프랑크푸르트 도착 입국장으로 들어갈 때 세관 검사장 통과는 매우 심했다. 지갑과 신분증이 들어있는 조끼까지 벗어야 하고 혁대도 신발 밑창까지 검사했다. 아르헨티나로 가는 비행기로 환승을 해야 하는데 비행기가 3시간 있어야 출발한단다. 시간의 여유가 있어서 물어물어 아르헨티나 출국장으로 이동하였다.

그런데 생각 없는 행동으로 국제 미아가 될 뻔한 일이 있었다 다름 아닌 찾아가는 친구의 연락처가 없다 사유인즉 작은 아이가 인천공항까지 데려다주었는데 공항에서 핸드폰 로밍을 하려는데 로밍이 안 되는 핸드폰이란다 그래서 귀찮게 가지고 갈 필요가 없겠다는 생각으로 아들에게 집에 가져다 두라고 주고 생각 없이 비행기에 탑승 이륙하고 나서야 아차 생각이 들었다.

친구의 연락처 암담한 생각으로 아르헨티나로 가는 출국장에서 한쪽 의자에서 간식을 먹고 있는 젊은이가 동양 사람 같아 중국 일본 아니면 한국이겠지 싶

어 서툰 영어로 나는 한국 사람인데 어느 나라 사람
이냐고 했더니 "아저씨 왜 그러세요." 한다. 그렇게
반가울 수가, 사실 이야기를 했더니 자기도 아르헨티
나로 간이다 정말 것입니다. 구세주 같았습니다.

  이렇게 목적지가 같은 교포 젊은이를 만나게 되어
아르헨티나 공항을 나올 때까지 수속 대행을 다 해주
어 무사히 출국하게 되었었다 오후 10시 5분 독일을
출발 아르헨티나까지는 너무 지루했는데 그런 데다
비행기 연료가 부족하여 우루과이 공항에 들러 급유
받고 가는데 보니 도착시간이 7시에서 9시 20분으로
연장 도착하였다.

  그러다 보니 마중 나온 친구는 아침 6시부터 3시간
이상을 기다리게 되었으며 출구도 엇갈려 한참을 찾
아 헤매다 그것도 독일 공항에서 만난 그 젊은이의
도움으로 입·출국 친구를 만나기까지 도움을 많이 받
아 초면에 감사의 빚을 많이 지게 되었었다 며칠 뒤
한번 찾아가기로 하고 친구의 차편으로 친구 집에 도
착 미리 준비해 둔 방에 짐을 풀고 한국식의 음식으
로 점심을 하고 그간의 밀렸던 이야기를 나누었다.

  다음날 이 나라 수도인 부에노스아이레스 시내 관
광을 나섰다. 전철을 타고 쎈트로에 도착 대통령 궁
앞을 지나 바둑판처럼 짜여 있는 시내를 거쳐 네팔로
철도역을 지나 인근 국가 및 지방으로 연결되는 버스

터미널에 도착하니 그 규모가 아주 방대하였다. 인구 3~4천만에 땅 넓이는 우리나라의 27배란다

건축물과 도로는 도시가 조성될 때부터 도시 계획의 차원으로 되어있어 일방통행 도로가 많으며 사이사이 양방의 도로로 되어있어 통행에 편리하게 되어있고 특히 이 나라는 돌이 없는 나라인데 가는 곳마다 벽돌 같은 돌로 길을 깔았다. 그게 다 수입해서 깔아 놓은 거라 하니 지난날의 부를 알아볼 수 있었다. 참고로 큰길은 그 위에 아스팔트를 덧깔았다.

여행 4일째인 오늘은 어제 너무 걸었기에 쉬면서 가볍게 시내의 의류 판매장들을 돌아보면서 친구의 지인들과 어울리게 되어 점심도 얻어먹고 저녁에는 작은아들의 집에서 식사 초대를 받았다 이곳 교포들은 직업이 대부분이 의류 판매장을 하는데 한국 사람이 거의 장악하고 있으며 타업종도 고루 가지고 있어 생활의 불편을 느끼지 않고 이곳에서도 각종 모임이 많다고 한다.

교민회 향우회 동갑내기 모임 등 다양한 모임들이 있는데 엄격한 선후배 관계로 연결되고 주로 공휴일을 철저히 활용 골프 모임을 하며 여가를 즐기며 살고 있었다. 이날은 반기문 유엔 사무총장의 사촌 형 반성실 이라는 사람이 찾아와 인사를 나누고 저녁 만찬까지 같이 참석해 술잔을 나누며 하루를 보냈다.

다음날은 일찍부터 비가 내려 오후 늦게 보카에 있는 선상 카지노 구경을 갔는데 그 규모가 대단했다 남녀 할 것 없이 꽉 차 있었으며 구경을 마치고 돌아오는 길 교포가 운영하는 식당에서 식사했다 조금 거리가 있어도 교포들의 영업점을 이용해 서로 도움을 주고 있었다' 식당 다방 의류 병원 약국 등 다양한 업종들을 우리 교포들이 운영하고 있었다.

이튿날 아침을 먹고 9시 반쯤 절 법회가 있는 곳으로 갔다. 수리 중이라 일반 가정집에서 법회를 가졌으며 거기에서 나와 오늘은 해운 항만 구경으로 마도로스들이 고향과 가족을 떠나 긴 항해 생활의 슬픔을 달래려 술을 마시고 탱고 춤을 추다가 간다는 술집들과 기념품을 파는 매장들을 둘러보고 경마장이 있는 빠레르모 공원 카지노를 들리게 되었다. 여기는 5층이나 되는 큰 건물이 모두 빈자리가 거의 없이 꽉 들어차서 게임을 즐기고 있는 것을 보면서 여러 가지 생각을 하였다.

다음 날 아침 일찍 친구가 나갔었는데 운행 중 접촉 사고가 있었다고 한다 우리는 아침 식사를 마치고 백구라는 마을이 있는 교포가 운영하는 목욕탕을 찾았다. 시설은 보잘것없는데 우리 돈 7,500원 정도 저녁 식사는 치안 부재로 철망이 처져 있는 교포가 운영하는 식당에서 반성실이라는 친구의 음식 대접을 받고 돌아왔다.

다음 날 아침을 먹고 8시 반쯤 출발 60여km가 떨어져 있는 내셔널 골프장 구경을 갔었는데 18홀까지 있는 골프장이었는데 그 면적이 이루 말할 수 없이 방대하였다. 여기는 휴일이면 교포들이 가끔 와서 즐기고 가는 골프장이란다.

다음날 이른 아침을 먹고 오늘은 편도 120km나 되는 사리때라는 곳을 가게 되었다 아스라하게 쭉 뻗은 길을 지나면서 늪지대를 구경하고 돌아오는 길에 깜박이라는 곳에서 점심을 먹게 되었었는데 1인 식사비가 190 패소 우리 돈으로 약 2만 원 정도인데 불에다 구워낸 소고기와 양고기가 주메뉴 였는데 술도 음료수도 주고 고기는 계속 리필이며 고급 식당인데 값이 참 저렴했다.

식사를 마치고 집으로 돌아와 조금 있으니까, 아르헨티나와 네덜란드가 축구 경기를 했다. 결과는 골킥으로 아르헨티나가 이기게 되니까 자동차들이 경적을 울리면서 카퍼레이드 식으로 시내를 돌아다니는데 그것 또한 그칠 줄 모르고 계속되는데 한마디로 미친 사람들로 보일 정도이고 건물 2층에서도 쿵쿵대고 새벽까지 이어졌다.

이날이 이 나라의 독립기념일인 데다 축구 경기까지 이기다 보니 흥에 도취하여 그런단다. 다음날 오늘은 별다른 일 없이 친구가 다닌다는 이발소 구경을 갔다 거기에도 서비스하는 여자들이 많이 근무하고 있고 요금은 염색까지 2600 패소 한화로 약 2만 5~6천 원 정도 점심은 친구의 동서 부부와 같이했다.

제2부

다음날은 우리나라처럼 정부에서 65세 이상 노인들에게 주는 연금을 받으러 간다고 하여 따라나섰다. 금액은 약 2천 패소가 조금 넘었으며 번호를 받고 대기하는 사람들로 가득하였다. 한참 후 연금을 수령하고 나와 며칠 뒤 이구아수 가는 차편을 알아보기 위하여 시내버스 편으로 터미널을 들르게 되었는데 편도 요금이 1,200 패소나 된다고 하였다. 돌아오는 길에 친구 동서의 집에서 저녁 식사를 초대받아 회까지 준비한 만찬회에서 얼근히 취해서 돌아왔다.

다음날 잠자리에서 일어나니 비가 내리고 있었다. 여기는 겨울이 우기란다 그래도 별로 춥지 않아 우리나라 늦가을 정도랄까 아직은 겨울이라는 생각이 들지 않았다. 내의를 입어볼 기회가 없었으니까.

오늘은 비가 개고 하늘이 맑았다. 오늘은 꾸에로도 마데로에 있는 항만 구경을 갔는데 우루과이로 가는 여객선이 입, 출항하는 곳이었는데 여객선이 엄청나게 컸다. 구경후 이구아수 폭포 가는 차표를 예매하기 위하여 네띠로에있는 버스 터미널로 가서 왕복 차표를 4080 패소(한화 약 40만 원) 를 주고 왕복 차표를 구매한 다음 신텔모라는 곳을 찾게 되었다.

오늘은 며칠 전 찾았던 나보카 지역처럼 이곳도 비슷한 곳으로 거리에서 탱고 춤을 추고 있었는데 구경꾼들이 5 패소 10 패소씩 내놓는 사람이 많이 있었다. 여기에는 여행객이 많았으며 기념품 상점들이 많았다. 나도 여기저기 기념품들을 구경하였는데 별로 마음에 드는 것이 없었다.

우리나라 제품들에 비하여 품질은 어떨지 몰라도 만든 솜씨나 미적인 감각이 많이 떨어져 있었다. 그래도 모처럼 간 길이어서 여자용 가방 2개를 샀었다.

다음날은 오후 2시 미쇼네쓰주에 있는 이구아수 폭포를 찾아 출발하는 날이다. 버스는 이층 버스로 화장실까지 갖추어져 있었고 운전기사가 두 사람으로 서로 교대하면서 간단다. 차내에서 간식과 밥까지 제공했다. 오후 저녁 내내 운행 다음 날 아침 7시 50분에 이구아수에 도착 바로 호텔에 숙소를 잡고 여정을 풀었다. 호텔이라는 게 우리 여관 수준 정도였다.

요금은 350 패소에 아침 한 끼 음식 제공이란다 여기에서 폭포까지는 또 버스를 타야 하는데 요금은 40 패소에 20km를 더 가야 한단다. 폭포수까지는 버스에서 내려서도 많이 걸어야 했는데, 가는 중간에는 밀림 숲 그리고 관광객이 머무는 매점 부근에는 우리나라 늑대같이 생겼다. 코가 길어 콧부리 늑대라는데 먹을 것을 얻어먹으려고 관광객 옆으로 동분서주하였다.

우리도 점심을 먹으려고 매점에서 빵을 사서 탁자에 놓고 앉으려는 순간 콧부리에 습격받아 빵을 빼앗기고 남은 것은 두 쪽이다. 한 쪽씩으로 식사를 마쳤다 폭포수는 그야말로 방대하였다. 배를 타고 그 폭포수를 맞으며 놀이하는 사람들도 있었다. 구경을 마치고 돌아와 잠깐 휴식을 취하고 저녁 식사는 피자로 하고 식사 후 이구아수 시내 야간 구경을 나갔었다.

관광지라서 기념품 판매하는 곳이 많았는데 상품 수준이 별로였다. 그런데 6~8세 정도의 어린이들이 물건을 팔고 있어서 몇 개를 팔아주었다. 그런데 오늘 오후에는 몸이 안 좋았다. 장거리 비행 관광여행 장거리 버스 등 피곤이 겹쳐 몸살인 것 같아서 며느리가 준비해 준 몸살감기약을 먹고 잠을 청했다.

다음날 오늘은 몸이 조금 가벼워졌다. 숙소에서 제공한 빵 몇 쪽으로 아침을 마치고 오늘은 브라질로 가서 어제 다 보지 못한 폭포 구경을 마저 해야 한단다 이구아수 폭포는 강을 사이에 두고 국경을 하고 나누고 있어서 양국이 이구아수 폭포로 관광 수입을 올리는 나라들이었다 오늘은 버스 타는 거리는 비슷

한가보다 버스요금이 어제와 같았다.

버스에서 내려 국경을 넘어야 하니 국경수비대로부터 소지품 검사와 여권 검사를 받고 브라질로 들어가는 입장표를 끊었다. 아르헨티나에서는 외국인 215 패소 자국인은 30 패소였는데 여기에서는 또 다르다 외국인은 250 패소 인접국은 조금 싼 모양이다. 200 패소를 내고 들어가 보니 영내에서 운영하는 무료 이층 버스가 자주 운행되고 있었다.

버스를 타고 가서 내려 한참을 걸어 폭포에 도착하니 어제보다 더 가까운 곳에서 폭포를 보게 되었다 더 실감이 났다 오후인데도 물보라에 오색찬란한 무지개와 가깝게 보는 폭포는 가히 장관이었다. 그래서 여기에서 폭포를 배경으로 기념사진 2판을 찍었는데 가격은 222 패소 시간은 3분 정도 걸렸다 폭포 가까이 가다 보니 옷이 흠뻑 젖어 나왔다. 이렇게 브라질 폭포까지 마치고 숙소로 돌아왔다.

어제 물보라에 젖은 옷 때문이었는지 저녁에는 친구가 몸살감기에 담까지 걸려서 고생하였다 나 때문인가 싶어 미안했다. 그래서 나는 위로 대신 빈정대는 말로 해주었다 뭐 하려고 아프냐고 나 있는 동안은 아프지 말라고

오늘은 푸라이프라는 곳에 있는 발전소 구경을 가

잔다. 수력발전소인데 여기에서 생산되는 전기를 이 웃 나라인 파라과이와 나누어 쓰고 있단다. 거리는 240km가 되는데 버스는 없고 택시로 400 패소 왕복 800 패소란다 그래서 내가 본 거로 하자고 거절했다. 오늘은 종일 비가 내렸다 부에노스로 돌아가는 날이다. 버스 예약 시간이 7시 15분 시간을 당기려고 문의했더니 시간을 당기려면 30분당 30 패소씩 더 내란다. 7시간이면 420 패소 더 내야 하게 되어 기다리기로 하고 이 거리 저 거리 구경하면서 시간 보내기에 나섰다 기다리는 시간은 무척이나 길게 느껴졌다 긴 기다림에 시간을 맞추고 드디어 부에노스로 돌아오는 차에 몸을 실었다.

어제 돌아오는 길 버스에서 저녁내 몸이 아파 괴로 워하고 이튿날 12시 45분 부에노스에 도착 택시를 타고 나를 집에 데려다 놓고 한인이 운영하는 약국에 가서 주사를 맞고 목욕탕을 다녀오겠다고 나갔다 한참 뒤 돌아온 친구는 조금 나아졌단다. 어제 그렇게 절절매던 친구는 감쪽같이 괜찮단다. 나는 너무 피곤해 오늘 하루 집에서 쉬기로 했다. 점심에 친구들의 음식 대접 초대에도 몸이 불편하다는 이유로 정중히 거절했었다.

(제3부)

오늘은 한 달 예정 여행 일정에 3/2이 되는 날이

다. 오늘은 40km나 되는 띠그래라는 지역에 루판이라는 강을 찾게 되었다 여기에도 관광객들로 붐볐다.

1820년경부터 관광지로 운영되고 있단다. 강물을 따라 관광객을 여행시켜 주는 배들이 많았다. 우리도 60 패소씩을 주고 표를 끊어 배에 올랐다 한번 왕복이 20km 정도 된단다. 지나는 길에는 해군 박물관도 있었고 선상에서는 여자가 메가폰으로 관광지 안내를 하고 있었다 물길 옆에는 건물마다 보트 정류장이 설치되어 있었고 거기에 있는 건물들은 유흥업소나 별장들이란다 수로가 4통 5달로 되어있고 늪이나 숲들이 공간들을 채우고 있었다. 작은 섬으로 이루어진 또 하나의 섬들이었다.

오늘은 일주일 전부터 잔기침이 나오더니 심해졌다 잠깐 시내를 나갔는데 사람들로 붐볐다 점심을 먹고 집에 돌아와 쉬는데 속이 거북하여 저녁 식사를 거르기로 친구 부인에게 말하고 친구에게 기침이 너무 심한 것 같다고 했더니 저녁을 먹으려다 말고 그럼 약국 문 닫기 전에 빨리 갔다 오자고 나서는 것이었다 거리는 약 4km쯤 여기도 한인이 운영하는 서울약국이라는 곳이었다.

약사 나이는 60세쯤 되어 보이고 아버지 따라오게 된 이민 1세대란다. 드디어 내 차례가 되었다. 기침 징후를 묻더니 주사 맞고 약 먹으면 된단다. 잠시 후 계산하려고 하니 그것도 친구가 돈 내는 기회를 주지 않고 먼저 계산을 마쳤다. 계산서를 보니 16,000원 정도였다 그리고 집에 돌아와 감쪽같이 기침이 멈추고 편안한 잠자리에 들었었다.

다음날 오늘은 친구가 식료품 가게를 해서 식료품 담는 데 필요한 용기를 구입하는 곳에 갔었다. 처음에는 1kg짜리부터 이하인 작은 용기인 것 같다.
두 번째는 3kg짜리 플라스틱 통들을 구입하여 가계에 내려놓고 돌아오는 길에 내일은 먼 길을 가야 한다고 자동차 정비소에 들러 점검받고 돌아와 술을 한잔하고 잠자리에 들었다.

오늘은 약 500km쯤 되는 마르뎀폴라타라는 곳을 가게 되었는데 그 넓은 대서양 바다란다 장시간 운행 끝에 180도 전경의 거무스레한 수평선이 바로 눈앞에 확 들어왔다 이 지역은 바다와 맞닿아있는 긴 연안을 가진 관광지였다. 끝없는 바다를 바라보고 있는 전망 좋은 아파트들이 즐비하고 날씨가 싸늘한데도 관광객들이 줄을 이었다.

해변에서는 큰 돼지만한 돌고래들이 이곳저곳 셀수 없이 많이 휴식을 취하고 있었다 우리 일행은 차를 한잔씩하고 또 200여km 떨어진 라바테라라는 곳으로 찾아가 한인들이 하는 여인숙을 찾아 여정을 풀고 저녁 식사를 하게 되었다. 그런데 모두 너냐냐하는 친구들 사이였다. 그래서 인사 소개를 받고 술도 한잔씩 나누고 담소를 나눈 뒤 잠자리에 들었다.

　다음 날 아침 일찍 해변과 연결되어 있는 강가로 아침 산책하러 나갔는데 많은 배들이 즐비하게 정박해 있었다. 산책을 마치고 숙소로 돌아와 아침 식사를 하고 나와 같이 갔던 반성실이라는 친구의 운전면허증 재발급 관계로 행정관서 파출소 보건소 등을 구경했는데 참 보잘것없이 초라하고 대기시간은 무척이나 길었다.

　오후 1시 반경 업무를 마치고 돌아오는 중 차가 막혔다는 이유인, 즉 10여 명이 큰길을 막고 일자리를 만들어 달라고 데모하는 중이란다. 경찰 수가 훨씬 많았다 한참 만에 거기를 빠져나와 부에노스에 도착해보니 오후 6시가 넘었다. 저녁 식사는 작은아들 부부가 식당으로 예약해 놓았단다. 참 부담스러웠다.

　그러나 예약했다니 할 수 없이 그 식당으로 찾아갔더니 불은 켜져 있는데 문이 잠겨 있었다 한참 만에 문을 열어주어 들어갔더니 이제는 안쪽 식탁 자리가 아닌 문 입구 간 의자에 앉아서 기다려야 한단다. 알고 봤더니 이 집은 오후 8시 정각에 문을 열고 새벽 1시쯤 문을 닫는단다. 그리고 업소 안에는 귀신을 쫓는다는 의미로 마늘을 접으로 엮어 천장에 매달아 놨는데 그 수량이 대단했다.

다음 날 아침 친구는 나에게 교민으로 같은 종교를 가진 분이 저녁 식사 초대를 했단다. 속도 더부룩하고 가고 싶지 않았다. 그런데 친구 부부가 나 때문에 초대했다는데 안 갈 수도 없고 어쩔 수 없이 따라나섰다. 그런데 가까운 이웃도 아니고 약 40km쯤 된단다. 먼 거리를 운행해 갔으나 초대한 사람들이 없었다 다행이었다 1시간쯤 기다리다가 돌아왔다 약속 시간이 맞지 않았나 보다.

어제저녁은 배에 통증이 와서 잠을 못 이루다가 새벽에서야 한잠을 잤다. 오늘은 어제 갔던 곳에서 또 연락이 왔다고 다시 가야 한단다. 가는 길 도중에 목욕탕에 들러 목욕하고 출발 오후 4시쯤 도착 벌써 10여 명이 모여있었다. 인사를 나누고 식탁에 앉았다 이 나라는 초대받는 데마다 술은 맥주와 비어 음료수는 사이다와 콜라였으며 친구 덕에 후한 만찬의 대접을 받고 돌아왔다.

오늘은 물품을 구매하는 아르헨티나에서 제일 크다는 도매시장 구경을 아침 6시에 나섰다 과일 채소 시장에 갔는데 그 규모 대단했다. 귤 사과 감자 고구마 포도 당근 무 배추 등등 이 시장이 있는 곳의 지명은 메리까도란다, 구경을 마치고 돌아와 그동안 우의를 베풀어주신 친구들에게 식사와 술 한 잔씩을 나누기 위해 친구를 통해 식사 초대를 했다.
예닐곱 친구들이 자리를 같이해주었다. 그동안의

여러 가지 배려로 감사했었다는 말과 더불어 화기애 애한 분위기로 이야기를 나누는데 식당 주인이 찾아 와 뭐 모자란 것이 없냐고 물어 오길래 술 한 병 서 비스할 수 있냐고 했더니 부담 없이 가져다주어 마지 막까지 화기애애한 분위기로 이야기를 나누다 건강을 약속하며 자리를 일어났다.

　오늘은 여행 마지막 날로 친구들의 초대로 점심을 먹고 저녁에는 친구 가족들하고 식사하고 돌아와 친 구 부인이 준비해 주는 선물들을 가방에 챙기고 소지 품 의류 등을 모두 정리하고 잠자리에 들었다. 오늘 은 모든 일정을 마치고 돌아가야 하는 귀국의 날로 친구 부인이 준비해 준 점심상을 받았다. 잡채를 비 롯해서 여러 가지를 준비한 밥상이었다 그리고 기내 에서 먹으라고 김밥까지 싸주었다 1시쯤 작별 인사를 나누고 친구의 차편으로 반성실이라는 친구와 같이 공항에 도착 출국수속을 마치고 차를 한잔씩 나누며 환송 인사와 작별 인사를 나누고 한 달간의 긴 여행 을 마치고 귀국 비행기에 몸을 실었다.

6.25 사변

기억력이란 쌀자루 같아 먼저 들어간 쌀이 나중에 나오듯 70여 년 전의 기억들은 생생한데 엊그제 일들은 돌아서면 벌써 지워져 버리고 나만 이럴가 하는 생각으로 이 사람 저 사람 이야기 나누어 보면 모두가 그렇다고 말을 해주어 위로받기도 한다.

나는 1944년 4월 6일 따뜻한 봄날 부모님의 초청으로 한 장의 티켓 받아 들고 전남 장성에서 태어나 여섯 살쯤 되어서 함평군 나산면 초포라는 먼 곳으로 이사를 하여 살면서 6·25 동란을 만났던 것 같은 생각이 든다. 부모님은 가진 것이 없다 보니 함평 이씨가 자자 일 촌 하는 집성촌에서 이순행 씨라는 부잣집에서 호적살이를하게 되었다.

호적살이란 그 집 종살이와 같다 아버지는 농사와 바깥일을 어머니는 지금으로 말하면 가정부나 다름없는 집안일을 도맡아야 했다. 그러면서도 두 분의 금실이 좋으셨던지 많은 자녀를 갖게 되었다. 6남 3녀 9남매를 낳으셨는데 중간에 두 동생이 부모님의 가슴에 상처를 남기고 먼저 저세상으로 떠나가고 6남 1녀의 7남매가 생존해 다들 제 밥벌이들은 하고 있다. 그중에 내가 장남으로서 노릇을 다하지 못했었기에 가끔은 동생들로부터 성토를 받아야 했었다.

이제 내 나이 산수라는 80세에 이르러 이글을 시작하려 한다. 우리 아버님은 친모와 서모 두 분의 어머니 사이에 5남 2녀 중 둘째이시다. 친모께서 아들 둘을 두시고 일찍 돌아가시게 되어 서모를 맞게 되었다 그 서모가 3남 2녀를 더 낳게 되어 5남 2녀가 되어 아버님은 둘째가 되셨으며 첫째인 할아버지의 큰아들 셋째는 작은할머니의 큰아들인 이 두 분만 눈을 틔워 주시고 모두 무학으로 힘들게 지내셨다.

그래도 형제분들은 모두 화목하게 지내셨었다. 그러나 배움이 없으니 대중 속에서는 뒷전에 서게 되고 힘든 농사일에 종사하며 근근이 식생활로 지내셨던 그야말로 오는 사람 가는 사람 발길에 밟히며 살아가는 들풀 같은 인생살이였다. 그렇게 되어 아버님은 가진 거 하나 없고 배운 거 없으니 늦은 나이에 양반 성씨라는 덕으로 광산김씨인 어머니와 결혼하시고 이곳저곳 많이도 이사를 하시면서 두 분의 육체노동으로 적지 않은 우리 형제들 9남매를 낳아 기르시다 둘을 먼저 떠나보내고 6남 1녀 7남매를 남겨두고 아버님은 61세 회갑을 지내시고 어머님은 80을 조금 넘기시고 우리 곁을 떠나셨다.

두 분의 생전은 고생 고생으로 얼룩진 삶이 전부였다. 그 속에 장남인 나도 그 시절 다들 어려웠지만, 친구들과 대조가 안 될 만큼 궁핍을 달고 다녔지 아련한 그때의 추억을 더듬으며 생각나는 대로 글로 남겨 보렵니다. 내 나이 6살쯤 됐을 때 6·25동란을 맞게 된 것 같습니다.

지금도 그들의 모습이 생생합니다. 빨간 완장에 따발총이라는 총열이 짧은 총을 메고 동무라고 부르던 그 사람들 우리는 그들을 인민군이라고 했던 것 같습니다. 그들은 가끔 마을 회관 같은 큰 마당이 있는 곳으로 전부 모이라 해놓고 집집이 들아다니며 귀하고 값나가는 물건들을 훔쳐 가고 비단이나 은행까지도 다 가져갔던 기억이 납니다.

그리고 농사지어 들여놓은 곡식들도 다 빼앗아 갔었지요. 그들의 행동은 주로 야간에 했습니다. 그래서 농사지어서 빼앗기지 않으려 수확해서 비닐에다 담아 마을 앞 논 귀퉁이에 있는 웅덩이라는 연못에 넣어 보관하기도 했었지요. 그리고 해보면 송산이라는 산골 마을이 있는데 낮에는 일을 하고 밤에는 준비해 둔 뒷산 바위틈으로 피신하고 다음 날 아침 외삼촌 등에 업혀 산에서 내려오기도 했었지요.

그 이후 6.25 강풍이 지나가고 평온해졌을 때 집으로 돌아와 아버지는 새끼 꼬는 기계를 구입해서 새끼 꼬는 일도 하셨었지요. 평상시 일만 하시다 끝내는 건강이 안 좋으셔서 돌아가실 때까지 고통스럽게 지내시다 세상을 떠나신 우리들의 아버지 장남으로서 삼가 명복을 기원합니다.

가족여행

80년의 세월 남 앞에 내놓을 것 하나 없는 인생 역사 이대로 끝이라면 너무 억울할 것 같다. 고생도 노력도 할 만큼 한 것 같은데 손익 계산이 너무 안 맞는다고 해도 그중 나에겐 두 아들이 있어 다행으로 생각하고 마음에 의지를 많이 하고 있다.

요즘 젊은이들에 비해 잘하는 편이다. 2~3일에 안 할 일 다 해주고도 부모 대우를 못 받고 찬밥 신세가 허다하다는데 나는 부모로서 할 일을 다 해주지 못하였는데 그러나 그들은 불평불만 하지 않고 없는 환경에서도 최선을 다하는 것 같다. 그래서 가슴 깊이 간직해온 그 마음을 옮겨 적어본다.

요즘 코로나로 전 국민이 힘들고 경제가 흔들리는 이때 너도나도 모두가 힘들다. 특히나 우리 집 두 아이는 더 힘이 들 거다. 관광버스를 운행하다 보니 지출해야 할 경비는 만만치 않을 것이고 우선 식생활은 해야 할 테니 걱정이 많이 된다. 그런데도 얼마 전에 1박 2일로 강원도 대관령을 갔다 오자고 작은아들 부부의 청을 받고 다음 날 오후 따라나섰다.

편도 3시간 현지에 도착해보니 넓고 푸른 양떼목장 풀을 뜯고 있는 양 떼는 코로나 걱정도 없이 평화로

워 보였다. 양 떼를 배경으로 사진 몇 장 찍고 구경을 마치고 내려와 강릉 방향으로 차를 돌렸다.

이번에는 강릉에 있는 고랭지 배추 생산 마을 안반데기, 운유촌 이라는 곳에 도착해보니 숙소까지 예약되어 있었다. 숙소에 여장을 풀고 나와보니 삥삥 둘러 녹색의 광장 대부분이 경사가 심한 배추밭, 때마침 이 마을을 관리하는 사람의 안내로 마을의 역사와 이곳 사정 이야기를 듣게 되었다.

마을 주민은 총 27세대 경작면적은 총 50만 평 그런데 이곳 주민 생활은 배추 심어서 수확까지 3개월 동안만 여기에서 거주하고 그 이후는 각자의 전 거주지로 돌아간단다. 내용인즉 배추 농사 이외에는 이곳에서 할 일이 없어서 그렇단다.

이 넓은 땅은 옛 화전민들이 3대에 걸쳐 황무지를 일구어낸 피와 땀이 서린 생활의 터전이었고 이렇게 일군 땅을 정부에서 매각해 주어 개인 소유가 되었는데 외부 사람들이 몇 푼씩 주는 돈에 헐값으로 팔아넘기고 외지로 나갔기에 지금은 이 땅을 일구고 가꾸어온 주민은 한 사람도 없고 다 외지에서 들어온 사람들로 마을을 이루고 있단다.

그리고 돈이 많은 외지인이 몇만 평씩 땅을 가지고 있기에 돈이 작은 서민들은 생각도 못 하고 수십억

단위의 돈을 가진 자들만이 사고팔 수 있다니 딴 나라 이야기 같았다. 평당 10만 원씩이라 하니 1만 평이면 10억이라 그럴 수밖에 없겠다는 생각이 들었다.

이야기를 마치고 숙소로 돌아와 보니 저녁 식사를 반쯤 준비하다 말고 큰아들을 기다리고 있었다. 지금 오는 중이란다. 잠시 후 큰아들 부부가 8시 반쯤 도착해서 저녁 식사와 차를 한잔하고 난 뒤 내일 일 때문에 지금, 이 밤으로 돌아가야 한다는 것이다.

종일 일하고 3시간 길 왕복 6시간 운행을 하면서 돌아가야 하는 길 밤을 지내고 내일 같이 나갈 것으로 생각했었는데 그러려면 전화 한 통이면 될 일을 뭐 하러 먼 길 여기까지 왔느냐고 했더니 아버지와 가족들 옆에서 식사라도 같이하고 가려고 왔단다.

전화 한 통 하면 될 일인데 왜 이렇게 피곤하게 살까! 생각하면서도 그래도 장남이라고 아버지와 가족들을 챙기느라 이런 고생을 무릅쓰고 있지 않은가 생각하니 고마움과 미안함이 가슴 깊이 자리했다.

지난해에도 관광 시즌인 4월 관광버스를 4일간이나 세워놓고 제주도 여행을 같이해주고 8월에는 울릉도 독도까지 여행을 시켜주어서 고마웠다. 돈이 많고 시간이 많은 사람은 쉬울지 몰라도 아무나 쉽지 않은 일이라 생각이 들어 울릉도 갈 땐 현지에 가서 50만

원을 주며 경비에 보태쓰라 했더니 극구 사양했다. 참으로 고마운 아들이다.

그래도 사정하다시피 하여주었더니 여행 마치고 나오는 날 식당에서 점심을 먹다 말고 일어나더니 오늘 점심은 아버지가 사시는 거라고 공개한다. 그리고 여행을 다 마치고 집에 도착해서 내가 주었던 돈봉투를 다시 돌려주어 이게 무어냐고 물으니, 아버지가 주신 돈에서 점심값 지급했고 나머지라고….

그러니까 점심값 쓰면서 아버지 체면 세워주고 돌려주는 돈이었다. 돈을 쓸 줄 몰라서도 아닐 거고 돈이 많아서도 아닐 텐데 속 깊은 마음에 표시가 아니겠는가 하는 생각에 감동하였습니다.

그래서 그렇게 받은 돈 더 뜻있는 곳에 써야 하겠다는 생각으로 조금 더 채워 고등학생인 손자의 손에 들려 봉사 모임을 찾아 전달하는 것으로 지난해 제주도와 울릉도 독도 여행을 마치기도 했었지요.

※자식 자랑 모자라는 사람이라는데 요즘 세태에 비교해 모자란 내 마음을 담아보았습니다.

강원도 아우들의 만남

오늘은 강원도에 거주하는 세 아우의 초청을 받고 아침 6시 반 강릉을 찾아 220km의 장정의 여행길에 나섰다 포천에서 출발해서 양양 갈림길을 지날 때까지 괜찮았던 날씨가 강릉을 향해 얼마 가지 않아 비가 내리기 시작했다.

빗길을 운행하게 되어 속도를 줄이고 조심스레 운행하다 보니 9시에 목적지에 도착 2개월여 만에 상면의 인사를 나누고 이것저것 선물들을 챙겨주어 자동차 트렁크에 싣고 10시쯤 여기서부터는 강릉 아우와 동행으로 횡성 방면을 향한 여행길에 나섰다.

차를 돌려 고속도로 입구를 찾아 나섰다 조금 전까지 내리던 비는 개었고 강릉 원주 간 고속도로에 진입하여 한참을 가면서 동행자와 이야기를 나누다 출구를 놓쳐 한참을 돌아서 오후 1시 다 되어서야 횡성에 도착 기다리고 있던 아우와 상면의 인사를 나누었다.

그리고 잠시 후 아우의 차편을 이용해 시내 방향으로 2~30km 거리에 있는 음식점을 찾아 훌륭한 점심 대접을 받고 돌아와 아우 집에서 1박을 하기로 하고 춘천에 사는 한 아우에게 전화를 걸어 통화를 하면서 이곳으로 올 수 있냐고 물었더니 오겠다 하여 주소를 일러주고 조금 쉬었다가 3시쯤 시내 마트를 찾아 저녁에 먹는다고 고기와 술 등 장을 보아 돌아오니 바로 앞에 춘천의 아우 차가 도착하여 기다리고 있었다. 차에서 내려 상면의 인사를 나누고 집 안으로 들어가 같이 인사들을 나누고 이야기꽃을 피우게 되었다.

잠시 후 저녁 식사를 하고 9시경 술자리가 벌어졌다 한참 동안 이야기를 나누며 술을 마시다 10시 반경 술자리를 끝내고 준비해 준 방으로 자리를 옮겨 잠자리에 들었었고 다음 날 아침 방문 앞에서 아우의 목소리가 들렸다.

나가보니 가까운 곳에 보여줄 것이 있다고 아침 바람 쐬러 가잔다. 그래서 주섬주섬 옷을 챙겨입고 따라나섰다 멀지 않은 곳에 전국노래자랑을 했던 넓은 광장과 객석들을 구경하고 그 옆을 지나는 긴 개울을 바라보며 맑은 아침 공기를 호흡하며 집에 돌아와 아침 식사를 하고 8시경 작별 인사를 나누고 귀향길에 강릉 아우는 횡성휴게소까지 데려다주고 동서울 가는 고속도로를 이용해서 포천으로 귀향 오전 11시경 집에 도착해 여행의 짐을 풀었다.

유럽의 기자가 본 한국

유럽 사람으로서 한국에서 3년 동안 파견 근무를 마치고 본국으로 돌아가서 한국의 친구에게 보내온 편지의 내용이 구구절절 맞는 말인 것 같아 대한민국 국민이라면 남녀노소 불문, 이 글을 읽어 보고 반성하자는 뜻에서 그 기자의 보고 느낌을 공유의 목적을 담아 옮겨 보았습니다.

이 유럽기자 말로는 한국에는 3 광狂 1무無 1 유有가 있다고 하네요.

첫 번째 광狂은 전철에서 한 이야기로 저두족低頭足이라 이름 짓고 남녀노소 핸드폰에 빠져 있고 책을 보는 사람은 찾아볼 수가 없었다네요. 유럽에서는 거의 책을 보는 것이 습관이라고 하네요.

두 번째 광은 한국 사람은 공짜를 좋아한다네요. 무상 지원 무상복지 좋아하고 회사가 적자로 힘들어도 월급 인상해달라고 파업하고 데모를 하는 등 집단행동들을 한답니다. 로마가 공짜 빵과 서커스 같은 놀이 문화에 망했다고 합니다.

세 번째 광은 한국 사람에게 흥에 디엔에이(DNA)가 있는 줄은 알지만, 시도 때도 없이 트로트에 젖어

흥청망청 시간 가는 줄 모르고 음주·가무를 즐긴다고 말했네요. 우리나라가 인구비례 노래방이 세계 1위라고 하는군요.

1무無는 생각 없이 사는 사람들이 많다는 것입니다. 요즘 어떻게 지내 하고 물으면 그럭저럭 되는 데로 적당히 산다는 것입니다. 희망이 없는 이야기지요. 뛰는데도 일본 사람은 생각하고 나서 뛰고 미국 사람은 뛰면서 생각하고 중국인은 뛰고 난 뒤 생각하고 한국 사람은 뛰면서 잊어버린다네요.

1 유有는 단 한 가지 있는 것은 배운 머리에 입이 있어 청산유수 같은 실천 없는 말만 있을 뿐이라네요. 그러니 원시적이고 야만적인 사고가 잦은 나라라고 하는군요. 예로 들어 건축사고, 교통사고, 공장, 회사 등등 안전 불감증으로 똑같은 사고가 비일비재 많이 일어난다는군요.

교육열 높아 많이 배우고 세계 11위의 경제 대국이 쇠락해 가고 있는 모습으로 매우 안타깝다고 소감을 전해 왔다고 합니다. 구구절절 우리 현실이 그렇지 않다고 부정하지 못하겠네요. 이런 관심 어린 충고에도 못 들은 척 못 본 척한다면 나라의 흥망성쇠는 동전의 앞 뒷면일 텐데 우리 모두 반성하고 각성해야! 하지 않을까요.

일제 치하 36년의 식민지 생활 조상님들의 고통 잊어서는 안 되겠지요. 당시 나라를 구하겠다는 일념으로 목숨을 바쳤던 구국 선열들의 앞에 어떻게 설 것이며 무어라 말하겠습니까. 또한, 후손들에게는 무엇을 가르치고 무엇을 남겨 줄 것입니까. 우리 모두 각성하고 부끄럽지 않은 후손과 조상이 됩시다.

요양 병원에서

우리는 나이가 들고 서서히 정신이 빠져나가면 어린애처럼 속이 없어지고 돈이 있건 없건 잘 살았건 못 살았건 세상 감투를 썼건 못 썼건 잘 났건 못 났건 대부분 마지막을 요양 병원에서 보내게 된다.

고려시대에는 60세가 넘으면 경제력을 상실한 노인들은 모두 자식들의 지게에 실려 산속으로 고려장을 떠났다고들 하는데 오늘날에는 요양원과 요양 병원이 노인들의 고려 장터가 되어가고 있다.

한번 자식들에게 떠밀려 그곳에 유배되면 살아서 다시는 자기 집으로 돌아가지 못하니 그곳이 고려 장터가 아니고 무엇이랴 그곳은 자기가 가고 싶다고 하여 갈 수 있는 곳도 싫다고 해서 안 갈 수 있는 곳도 아니다.

늙고 병들고 정신이 혼미해져서 자식들과 대화가 단절되기 시작하면 갈 곳은 그곳밖에 없다. 산 사람들은 살아야 하니까

요양원에 갖다 놓고 가끔 찾아오는 자녀들 침대 옆에 붙어 울며불며 이것저것 챙기는 것은 딸이고 그 옆에 멀찍하게 서 있는 남자는 사위 문간쯤에 먼 산

보고 있는 사내는 아들 복도에서 휴대전화 만지작거리고 있는 여자는 며느리 그래도 이따금 찾아와 보살피는 것은 딸이다.

대개 아들놈들은 침대 모서리에 앉아 딸이 사다 놓은 음료수 까 처먹고 사라진다. 그들도 그들 자신이 그렇게 될 줄은 전혀 몰랐을 거다. 우리는 나이가 들면 결국 원하건 원치 않건 자식이 있건 없건 마누라가 남편이 있건 없건 잘살았건 못살았건 선택할 수 있는 사항이 아니다. 결국은 여기를 거쳐 영원히 떠나게 될 것이다.

그러니 먹고 싶은 것 먹고 가고 싶은 곳 가고 보고 싶은 것 보고 돈 아끼지 말고 서둘러 많이 보고 즐기다 가도 막상 떠날 때는 후회 되는 것이 많을 텐데 조금 있다 다음으로 미루다가 기회 놓치고 후회한들 저승길에 오르면 아무 소용 없습니다. 한 번뿐인 당신 인생 누가 챙겨주지 않습니다.

간혹 효자 자식 부모님에게 효도한다고 챙겨주는 자식도 있지만 부모의 깊은 마음속까지는 모릅니다. 말하세요. 부탁하세요. 어린 자식 부모에게 매달리듯 자식들에게 매달리면서라도 이제 느긋이 기다릴 시간 없습니다. 얼마 남지 않은 당신의 생애 초읽기에 들어섰습니다. 하루하루가 귀중합니다.

공자가 천재와의 대화

천제불용天才不用

중국에 황책이라는 8세가 된 천재 소년이 있었다. 공자가 수레를 타고 가는 길 도중에서 이 소년이 흙으로 성을 쌓고 있었다. 그래서 공자가 수레에서 내려 수레가 지나가게 해 달라니 이 소년이 말하기를 "성을 허물어야 하나요 수레가 돌아가야 하나요"라는 것이다. 말에 몇 마디 말을 건네보고 싶어 이 소년에게 바둑을 좋아하느냐고 물었습니다.

소년이 하는 말 "군주가 바둑을 좋아하면 신하가 한가롭고 선비가 바둑을 좋아하면 학문을 닦지 않고 농사꾼이 바둑을 좋아하면 농사일을 못 하니 먹을 것이 풍요롭지 못하게 하거늘 어찌 그런 바둑을 좋아하겠습니까."

두 번째 질문으로 자식을 못 낳는 아비는 누구냐고 묻자, 아이는 허수아비라고 대답했다.

그러면 연기가 나지 않는 불은 무어냐고 물으니, 아이는 반딧불이라고 그러면 고기가 없는 물은 하고 물으니, 눈물이라고 대답했다.

이젠 아이가 공자에게 묻는다. "선생님 몹시 추운

겨울에 모든 나무의 잎들이 말라 버렸는데 어찌 소나
무잎만 푸릅니까." 공자 잠시 생각하더니 속이 꽉 차
서 그럴 것이다. 그렇다면 속이 텅 빈 대나무는 어찌
하여 푸릅니까.

그러자 공자는 "그런 사소한 것 말고 큰 것을 물어
보아라" 그랬더니 그 아이가. "하늘에 별이 모두 몇
개입니까." "그건 너무 크구나!" "그럼 눈 위에 눈썹
은 모두 몇 개입니까." 라는 아이의 질문에 공자는
아무 말을 못 했습니다. 공자는 이 아이가 똑똑하다
는 생각이 들어 제자로 삼고 싶다는 생각을 잠시 했
습니다.

하지만 공자는 아이가 머리는 좋으나 덕이 부족해
궁극에 이르지는 못할 것이라는 사실을 내다봤습니
다. 실제로도 황책의 이름은 그 후 어디에서도 보이
지 않았습니다. 그에 천재성은 8세에 끝이 나고 말았
던 것이다. 그래서 사람은 천재로 키울 것이 아니고
덕인으로 키워야 한다는 것이다.

여행지를 찾아서

글을 쓰고 있는 나를 위하여 아들과 며느리가 배려하는 여행길에 나섰다.

오후 6시 30분 의정부를 출발 강원도 춘천시 사북면 사북리 산 중턱에 자리한 하이캐슬 리조트라는 숙소에 9시 도착 짐을 풀고 늦은 저녁 식사를 마치고 휴식에 들어갔다.

이튿날 아침 6시에 일어나 보행으로 5km 정도에 있는 식객이라는 영화 촬영지 한옥을 시간 관계상 외형으로만 구경할 수 있었다. 그 주위에는 한옥과는 어울리지 않게 카지노 리조트 파크등 외래어 명찰을 단 고층 건물들이 앞뒤 산들을 배경으로 산허리 중턱에 자리하고 있었다.

이 지역은 해발 500에서 800m 이상의 녹음의 산허리 중턱이다. 그래서 그런지 수시로 운해 속에 잠기는 저 아래서 보면 구름 위일 것이 다 그러다 보니 내가 살고 있는 포천하고는 6~7도의 기온 차로 시원한 초가을 날씨 기온이 차서 그런지 여기는 새소리도 들리지 않았다.

아침에서 저녁까지 매미 소리도 들을 수 없고 골짜

기에 흐르는 물소리만 들리는 적막강산이다. 이런 곳에서 아침 산책을 마치고 숙소로 돌아와 아침 식사를 하고 9시쯤 숙소를 뒤로 하고 여행길에 올랐다.

첫 번째로 철암 탄광 옛 역사와 전시된 물건들을 관람하고 돌아오던 중 도시락을 들고 개울을 건너온 남편과 아이 업은 아내가 개울을 사이에 두고 잘 다녀오라고 손을 흔들며 서로 바라보고 있는 모습이 찡하게 가슴에 와닿았다. 다음으로 낙동강의 발원지라는 태백시 황지동에 있는 황지연못을 찾았다.

시내 중심가에 있는 이곳은 해발 680m 둘레 100m인 이 연못에서 하루 5,000톤의 물이 용출된다고 한다. 그물이 1천 3백여 리의 여행으로 낙동강에 합류하여 경상남북도를 경유 남해로 흘러간단다, 다음으로 찾아간 곳은 바람의 언덕 입구에서부터 여기는 택시를 이용해야 한단다.

가는 길이 좁고 경사진 길이어서 조심스러운 길이었다. 가는 길 내내 길 위아래로 고랭지 배추 생산지로 규모가 43만 평이나 된단다. 완전 녹색 들판이다. 일부에서는 배추를 따내는 작업을 하고 있었다. 이 길을 지나 정상에 도착하니 여기에는 환경에 맞게 곳곳에 풍력 발전기가 8기나 돌아가고 있었다.

이 풍력 발전기를 설치하는데 시설비용이 130억

이상이 소요 되었다고 한다. 그러면 기당 16억 이상 고액 장비인 셈이다. 이번에는 태백시 창죽동 산 1-1번지에 해발 1,418m 대덕산과 함백산의 사이에 있는 금대봉 자락의 800m 고지에 있는 명승 제73호의 검룡소를 찾아 출발했다.

잠시 후 주차장에 차를 세워놓고 1.5km 정도의 산길로 이동 검룡소에 도착했다. 깊이를 알 수 없는 이 연못에 검은 용이 있다고 하여 검룡소라는 명칭이 붙어있으며 여기에서는 하루에 2천 톤의 물이 솟아 나오며 이물은 514km에 이르는 서울 한강의 발원지로 우리나라에서 가장 긴 발원지이며 물의 온도는 4계절 내내 9도를 유지한단다.

끝으로 충주지역에서는 충주호 제천지역에서는 청풍호라 부르는 제천시 청풍면 물태리에 자리한 해발 531m의 비봉산 정상을 가기 위하여 2.3km의 급경사의 거리를 케이블카에 몸을 싣고 정상에 하차하니 사방이 확 트인 시원한 풍경이다.

여기는 충주호를 360도 회전하면서 관람할 수 있다. 호수의 규모가 대단했으며 예전에는 육지의 산이었을 텐데 지금은 물속에 잠긴 크고 작은 섬들이다. 화폭에 담는다면 3~4점이 되지 않겠는가 싶다.

저 많은 섬 아래에는 많은 사람이 살았을 텐데

수몰로 인해 나고 자랐던 고향을 뒤로 이곳을 떠난 사람들과 저 크고 작은 섬들의 수많은 사연을 안고 있는 충주호라는 생각을 가슴에 담고 케이블카에 몸을 싣고 하산하여 귀향길에 나섰다.

5부 희망의 계절

희망의 계절

희망의 계절

봄은 처녀 여름은 어머니 가을은 미망인 겨울은 계모 1년 4계절을 여인에게 비교한 폴란드의 격언이다. 우리나라에서도 적용되는 말 같다 봄은 처녀처럼 부드럽고 여름은 어머니처럼 풍성하고 가을은 미망인처럼 쓸쓸하며 겨울은 계모처럼 차갑다.

봄은 세 가지 덕목을 가지고 있다. 첫째는 생명이요 두 번째는 희망이요 세 번째는 환희다 봄은 생명의 계절이며 땅에 씨앗을 뿌리면 새싹이 나오고 나뭇가지마다 신생의 잎이 돋고 아름다운 꽃이 핀다.

또한 봄은 희망의 계절이다. 그래서 봄은 만물이 소생하는 계절이라고 했지요. 봄은 환희의 계절이기도 하지요. 우울함과 슬픈 절망의 날들이 떠나가고 고목처럼 메말랐던 가지에 생명의 새싹이 돋아난다는 것은 얼마나 기쁜 일인가?

얼어붙은 땅에서 녹색의 새 생명이 자라난다는 것은 얼마나 감격스러운 일인가 창밖에 나비가 찾아오고 하늘에 종달새가 지저귀고 벌판에 시냇물이 흐르고 숲속에 꽃이 핀다는 것은 얼마나 즐겁고 아름다운 일인가?

해처럼 물처럼 바람처럼

아무것도 갖지 않았지만, 모두가 다 가진 존재가 있다. 햇볕과 공기와 물이다. 햇볕과 공기와 물은 모양과 질량은 다르지만, 그 속성은 비슷하다. 햇볕과 공기와 물은 틈새만 있으면 어디든지 다 들어간다.

햇볕은 따뜻함과 사랑의 대명사다 사람을 차별하지 않고 누구에게나 골고루 비춘다. 지구상의 모든 존재 나무나 풀 동물은 햇볕을 받지 아니하면 생명을 부지할 수 없다. 그러나 사람을 해롭게 하는 세균은 살아남지 못한다. 코로나 역시 마찬가지다 햇볕에는 5분을 견디지 못한다.

물은 겸손함의 대명사다 낮은 곳으로만 낮은 곳으로만 흐른다. 그리고 마침내 큰 바다에 이른다 동양의 성자라고 일컫는 노자는 최고의 선은 물처럼 되는 것이라는 뜻의 상선약수上善若水라는 말을 남겼다. 물은 자기가 없다. 동그란 그릇에 담으면 동그랗게 되고 네모진 그릇에 담기면 네모진 모습이 된다.

그러나 고유의 성질이나 본바탕은 어떤 경우에도 변하지 않는다. 물은 평소에는 잔잔하고 수평을 유지하지만 한번 일어서서 움직이면 당해 낼 장사가 없다. 그리고 흐르는 물은 선후를 다투지 않는다. 그래서 생긴 말이 유수부쟁선流水不爭先이다 어짊과 겸허함과 대도大道의 극치다.

공기는 생명을 유지하게 하는 원동력이다. 지금, 이 순간 얼굴에서 가장 중요한 부분은 코다 눈은 잠시 감고 있어도 되고 귀도 잠시 닫고 있어도 되고 입도 잠시 말을 하지 않거나 하루쯤 음식을 먹지 않아도 되지만 코로 5분만 숨을 쉬지 않으면 사람은 거의 죽거나 실신失神한다 공기는 바람을 일으킨다. 바람은 공기의 흐름이다.

햇볕은 지하 깊은 곳에는 못 들어가고 물도 높은 곳에는 못 올라가지만, 공기는 어디든지 못 가는데 없이 다 간다. 아무리 촘촘하게 짜 놓은 그물이라도 바람을 막을 수는 없다.명상冥想에서의 최고의 경지가 자유함인데 그 경지를 이르는 말이 있다.

그물에 걸리지 않는 바람처럼 21세기는 빛과 바람의 시대이다. 빛은 사랑이고 바람은 기氣다. 지금 우주의 기운이 달라지고 있다.기氣를 잘 다스려야 한다. 코로나도 공기를 타고 전염된다. 병은 좋지 않은 기운 즉 사기邪氣가 체내에 침범한 것이다.

사기가 마음에 침범하면 사람이 사악邪惡해지고 몸에 침범하면 병이 생긴다. 그것을 극복하는 길은 바른 기운氣運즉 정기正氣를 지니는 것이다. 바른 음식을 바르게 먹는 일이다. 그래서 수양修養이나 배움이 필요하다. 지금 사람들의 마음이 조급하고 분별심이 없고 이기적이며 다분히 폭력적이다.

진영논리가 판치고 있다 인내심, 배려, 이해, 존중심이 부족하다. 권력을 잡기 위해서라면 한번 잡은 권력을 유지 하기 위해 못 할 일이 없다 국회의원이나 지도층 인사들의 말투를 보라 시정잡배만도 못하다. 내로남불도 그 정도면 귀신도 울고 갈 정도다.

마음이 오염되어 말이 오염되고 말 같지 않은 말이 횡행하니 사회가 어수선하고 불안하다. 햇볕과 물과 공기의 속성을 닮아야 한다·이제 심정과 사랑의 새로운 바람을 불러일으켜야 한다. 그 바람은 신바람이다. 우리 이제 본향本鄕으로 돌아가자, 거기에 신바람 神風이 불게 하자.

분뇨가 방에 있으면 오물이라고 하고 밭에 있으면 거름이라 한다. 모래도 방에 있으면 쓰레기라 하고 공사장에 있으면 재료라고 합니다. 우리가 살고 있는 현실에도 행복과 불행이 따로 없습니다. 어떻게 인식하느냐의 문제일 뿐입니다. 남편과 잦은 불화로 못 살겠다고 불평하지만

혼자 사는 여인에게는 그것이 남편이 있다는 유세처럼 들립니다. 직장 생활이 힘들지만 직장이 없는

사람에게는 직장이 있는 그것만으로도 부러움의 대상
이 됩니다. 인생을 부정적으로 보면 불행하고 긍정적
으로 보면 행복합니다.

　매사를 부정적으로 보는 사람은 절대로 행복할 수
없습니다.

쌀과 보리

(신기하고 재미나는 남녀 이야기)

쌀은 여성의 성질을 지니고 있고 보리는 남성의 성질을 지니고 있다. 그러므로 벼에는 수염이 없으나 보리에는 수염이 있다. 그리고 쌀밥은 부드럽고 감미로워서 먹기가 좋으나 보리밥은 거칠고 쌀밥처럼 달콤치 않다.

조물주의 섭리는 참으로 오묘해 물과 불을 서로 상극이면서도 둘이 만나지 않고서는 아무것도 이룰 수 없게 섭리해 놓았다. 여성과 밭은 화성火姓이며 남성과 논은 수성水性인데 남성인 보리는 화성인 밭에서 생육하고 여성인 쌀은 수성인 논에서 생육한다.

이는 곧 남녀 간에 서로 다른 이성이 없이는 정상적인 삶을 영위할 수 없음을 보여준다. 또한 흥미로운 것은 여성인 벼는 어릴 때부터 성장한 모판에 그대로 두면 벼 구실을 못함으로 반드시 남성의 집인 논으로 옮겨 심어야 하고 남성인 보리는 싹이 난 바로 그 자리에서 옮기지 않고 계속 살아가게 된다. 이 생태는 여성은 시집을 가서 살아야 정상적인 여자구실을 할 수 있다.

남성은 성장한 자기 집에서 살아가는 것이 정상임을 일깨워준다. 여성들의 가장 큰 비애(悲哀)가 시집가는 일이라고 할 수 있으나 이것은 조물주의 깊은 뜻에 의한 섭리임을 깨달아야 한다.

세상에는 간혹 아들이 없거나 재물이 많으면 딸자식을 내 집에 두고 사위를 맞아들여 살게 하는 부모들을 볼 수 있는데 이렇게 되면 딸은 여자의 구실을 제대로 할 수 없으며 사위 또한 남자의 구실을 제대로 할 수 없게 된다.

벼와 보리는 어릴 때는 똑같이 고개를 숙이지 않으나 벼(여자)는 익을수록 고개를 숙이지만 남자(보리)는 익어도 고개를 숙이지 않는다. 보리의 성격을 지닌 남성은 젊어서나 늙어서나 아내에게 고개를 숙이지 않는 천성이 있지만, 여성은 나이가 들고 교양이 있어 속이 찬 여인은 스스로 자신을 낮추는 미덕을 갖게 되며 이런 여성을 현모양처라 할 수 있다.

이렇듯 여성인 벼는 익을수록 고개를 숙이듯 나이 든 여성들은 남성들의 천성天性 체험을 통해 이해하게 되므로 머리를 숙이듯이 참아준다. 여인의 그런 품성 덕분에 가정의 평화가 있고 변함없는 부부의 애정이 있다. 신기하고 재미나는 남녀 이야기

시간이 지나도 꼿꼿하게 고개를 숙이지 않고 서 있

는 벼 이삭이 제대로 여물지 못하는 쭉정이가 되듯이 숙일 줄 모르는 여인 또한 속이 차지 못한 경우가 대부분이다. 가화家和의 바탕은 아내에게 달려있다.

　남편을 굴복시키려는 맞서려는 생각보다는 익은 벼가 머리를 숙이듯이 져주면서 미소와 애교라는 부드러운 무기를 사용한다면 아내에게 굴복하지 않을 남편은 아마도 세상에 드물 것이다. 조물주의 참 이치를 깨달으며 늘 즐겁고 행복하세요. (신기하고 재미나는 남녀 이야기)

몰래 숨어든 가을

앞산과 들에 푸른 녹음 여름 따라 떠나가고 울긋불긋 색동옷 갈아입고 계절 손님 가을을 영접하네! 열대야로 새벽녘에 겨우 잠들게 했었던 무더위도 소리 없이 꼬리 내리고 창문을 닫게 하는 신선한 새벽바람이 가을을 실어 왔나 봅니다.

밤도 낮도 모르고 처량하게 울어대던 매미 소리도 여운 속에 스며들었고 그 자리에 외로이 그리워하며 임을 부르는 듯 애처로운 귀뚜라미 소리가 대신하고 기온은 점점 싸늘해져 가을도 얼마지 않아 등 돌리고 떠날 것 같네요.

상큼하게 높아진 푸른 하늘 뭉게구름에 실려 온 새벽이슬 길가에 순서 없이 어우러진 풀잎 위에 옥구슬 되어 살짝 앉아 지난밤 인사 나누고 잠시 후 아침 햇살에 보석되어 청아한 모습으로 자태를 자랑하는 것도 잠시 잠깐 온다간다 말도 없이 모습을 감추어 버렸네요. 이것들이 자연의 섭리일까요.

얼굴에 하나둘씩 늘어만 가는 주름살에 나이는 덤으로 따라오고 밤도 낮도 없는 세월은 무정하다 못해 소리 없는 폭군 같은 4계절을 거느린 군주인가 보다 봄을 주어 착한 척하다가 여름의 찜통에 대장장이 쇠

달구듯 달구어 내더니

가을이란 이름으로 높은 하늘과 시원한 바람으로 풍요하고 인자함을 보이는 것도 잠시 잠깐 살을 에는 삭풍으로 인간들을 움츠리게 하는 사계절의 폭군 그렇게 웃기고 울리면서 세월까지 슬금슬금 알게 모르게 이마에 깊어져 가는 주름살을 영수증으로 밤낮없이 쥐 소금 먹듯 세월을 잡아가더니

늙었다는 말 대신 듣기 좋아하라고 봄꽃보다 잘 익은 가을 낙엽이 좋다고 나이는 숫자일 뿐이라고 달래 주는 듯 위로해 주는 듯 황혼의 인생 지금까지의 지나온 거리도, 얼마 남지 않은 미래의 거리도, 계산이 나오는데 그래도 모두 황혼의 꿈과 희망을 이야기하고 있네.

세월에 밀려

어느 날 부모님의 초청으로 왕복 아닌 편도의 차표 한 장 받아 들고 고고성을 외치며 벗은 몸에 빈주먹으로 박수받으며 이 땅으로 먼 여행길에 나섰는데 벌써 80여 년 매일 같이 해와 달이 오고 감에 일 년은 365일 하루 24시간 누구나 알고 있는 상식 불변의 원칙 짜인 틀에 의해 무작정 따라온 건지

아니면 쫓기듯 밀려온 80년의 세월 세상만사 천지 개벽, 이 몸도 많이 변한 모습 늙음의 상징이랄까요? 크고 작은 이마에 주름살들 보는 사람에 따라 생각은 각자 다르겠지만 지나온 인생사의 계급장이 아닐까요? 이제 누구도 거역 못 하고 가야만 하는 황혼길이 출발점이 아니고 종점으로 계속 질주하는

카운드다운이 시작되었나 생각하면서 일 년은 365일 하루는 24시간 변함없이 한결같은데 우리가 느끼는 감정은 60을 넘으면서 다르고 70을 넘고 80에 이르니 또 다른 느낌이 오는 것은 지나친 욕심일까요? 아니면 수양 부족일까요? 인생사를 어느 바람에 쫓기듯 날아왔다가 어느 바람에 끌려가듯

우리 곁을 떠나버리는 낙엽에 비유해 본다면 많이 살고 적게 살고 많이 갖고 적게 갖고 모두 부질없는

생각일진대 만물의 영장이라는 생각도 잠시 모른 채 뒤로하고 그리 욕심을 부리다가 결국 추한 모습으로 몸부림치며 끌려가는 황혼의 마지막 길 그 모습이 마치 소, 돼지가 도살장에 끌려가는 것하고 뭐가 다를까요?

　욕심 걱정에 몸부림하지 말고 남은 세월 생애에 즐거웠던 추억의 날들을 회상하며 며칠 뒤 소풍 갈 날 받아놓은 아이들처럼 딴 세상 여행 떠날 그날을 기다리면서 오늘을 잘 보내고 또한 내일을 최후의 날이라 생각하며 욕심 걱정 다 내려놓고 떠나는 그날 그 길이 행복의 길이 아닌가 싶습니다

우리 한번 생각해 봅시다

건물들은 하늘 높은 줄 모르고 경쟁하듯 높아만 가는데, 사람들 인격은 반대로 지하를 찾아 내려가는 것만 같네.

소비도 많이 늘어 세계 10위권 선진국이라 하는데 기쁨은 어디 가고 사소한 일에도 불평불만과 사사건건 시비가 많아졌고. 생활은 더 편해졌지만, 시간은 더 부족해졌고 가진 것은 몇 배가 되었지만, 소중한 가치는 더 없어졌다네요.

자유는 더 늘었지만, 열정은 더 줄어들었고 세계 평화를 말하면서 마음의 평화는 찾지 못하고 있네.

달나라에 갔다 왔다 하지만 이웃은 달나라보다 더 멀어졌고 우주를 향해 나아가지만, 우리 안의 세계는 잃어가고 있네. 길은 사통오달 넓어졌지만, 사람의 시야는 좁아졌고 원자는 더 쪼갤 수 있지만 네 편 내편 편견은 못 버리네.

돈을 버는 법은 배웠지만 나누는 법은 잊어버렸고 평균 수명은 늘어났지만, 삶의 방법은 제대로 찾지 못하네.

우리가 사는 집은 대궐인데 그 안에 있어야 할 가족은 점점 줄어 두 사람 아니면 한 사람 관리하기만 힘들어지고.

학력은 세계에서도 상위이지만 일반 상식은 더 부족해졌고 또한 지식은 많아졌지만, 판단력은 따라 주지 못하네.

공기 정화기는 갖고 있지만, 영혼은 더 오염되어 가고 전문가들은 더 늘어났지만, 문제는 이것저것 더 많아지고

약은 더 많아졌지만, 건강은 더 나빠졌다네요.

이런 상황을 전도몽상前導夢想이라 하던가요 무엇인가 잘못된 것 같아 마음이 씁쓸하군요.

이면지

그 옛날 종이가 귀하여 먼저 연필로 글을 쓰고 두 번째는 그 위에 철필에 잉크 찍어 쓰고 그다음 먹을 찍어 붓으로 쓰고 마지막에 화장지로 쓰던 시절이 있었다. 옛 습성 버리지 못하고 이면지 주워 모아 깨끗한 한 면을 재사용한다.

종이 절약 그 맛을 모르는 그 세대 젊은이들 아니 그 세대를 살아온 사람들도 언제부터 부유하게 잘살았었다고 쫀쫀하다 좀스럽다고 사람들은 비웃는다. 불과 6~70여 년 전 우리들의 생활 모습이었는데 쉽게 버려 쓰레기 양산하고 생각 없는 자원 낭비에 불평불만은 훨씬 많아졌네!

우리 조상 선배님들을 소, 돼지 취급하면서 탄압했던 일본이란 나라 이름만 들어도 소름이 끼치는데 그래도 보고 배울 것이 있다면 그 사람들의 아끼고 절약하는 정신문화는 우리가 보고, 배워야 하지 않겠는가 싶다. 일본의 거리는 어디를 가든 쓰레기 하나 없는 말끔하고 깨끗한 거리 그들보다 교육열이 높다는 우리나라 사람이 그것만은 배워야 한다

조금만 구석지고 외진 곳은 쓰레기 더미 담배도 피우는 자유를 느꼈으면 담배, 꽁초를 버리는 의무도

져야지 자유는 내가 누리는 의무는 네가 하는 그 버릇 그 습성을 후세들 보고 배워 같은 길을 답습하는 그 모습을 보면 우리는 언제 선진국에! 돈 쓰고 사치하는 것은 벌써 선진국보다 앞서가는데 자유 뒤에 의무 이행을 모르고 있는 것 같아 가슴 아프다.

아니 차라리 모르면 몰랐으니까, 이해라도 해줄 텐데 음식 쓰레기도 마찬가지 먹는 것보다 버리는 것이 더 많을 정도로 엄청나다. 외국의 가난한 나라들 굶주려 배고파 죽는 사람 그리도 많다는데 우리는 안 먹고 버리는 음식 쓰레기에 치여 죽지 않을까? 좁은 국토 버리는 것도 한계가 있을 텐데.

쓸만한 가재도구 나누어 쓰고 음식물도 적당히 만들어 많은 쓰레기 만들어 내지 않고 절약하면 이 나라가 깨끗해지고 자원 낭비 줄이면 경제도 보탬이 될 텐데 금수강산이라 했던 우리나라 쓰레기 강산 만들지 않도록 5천만의 각성이 절실히 필요한 것 같다.

호소합니다

나는 이 나라 국민으로서 이곳 포천 시민으로서 할 일을 다하면서 행복과 자유를 누리고 있는지 부끄러운 생각이 가끔 뇌리를 스친다. 매년 돌아오는 현충일이 들어있는 6월에도 구국 선열들의 피와 땀에 무엇으로 보답하고 있는지 팔십 평생 부담 없이 이 땅에서 무임승차하고 있다는 생각의 마음에 빚이 잊히지 않는다. 모두 이 사람이 보고 느끼기에는 나를 비롯해 모두가 이기적인 것만 같다.

나라를 위해 세금 한 푼 내지 않으면서도 혜택은 더 많이 받으려 하고 불평불만은 더 많아 보인다. 편히 자고 먹고 숨 쉬고 있는 것이 이 나라 이 조국의 덕이라는 것을 모르고 있는지 알려고 안 하는 것인지 아마 기회만 되면 불평 많은 그 사람 지금까지 누리고 살아온 것은 화장실 다녀온 식으로 다 털어버리고

돈 되는 것은 다 자기 거라고 재산 정리하고 외국으로 나갈 사람도 적지 않은 것 같다. 그리고 나는 정치는 모른다. 그러나 도덕은 조금 안다. 나라를 축소하면 우리의 가정이고 가정을 확대하면 나라라는 생각이 든다.

그렇다면 가정에 가장이 나라에 대통령이 아닌가?

그런데 매스컴에서도 길거리에서도 가장이자 대통령에게 이놈 저놈 하다못해 온갖 저속한 말들은 모두 동원하는 것 같다 왜 그래야 할까? 그래야만 되는 건가, 잘하든 못하든 우리 손으로 한표 두표 모아서 만들어놓은 대표자라면 주어진 기간은 기다리면서 도와야 하지 않겠는가?

그런데 돕기는 못 할망정 헐뜯는 것이 능사란 말인가 이제 얼마 남지 않은 기간인데 이 정부의 잘 잘못의 평가는 내년 선거 단두대가 있지 않은가? 그때 과감하게 평가하면 될 것을 왜 그래야만 할까? 우리나라에 들어와 있는 외국인들이 7~80만이래요. 나는 이들이 세계 각국에서 파견된 특파원으로 보고 있어요.

그런데 그들의 눈과 귀에 이런 모습 담아가지 않을까요? 우리 각자 개인들은 인격 찾고 자존심 걸고 잘난 척해보고 싶겠지요. 아무리 그렇더라도 이런 언행은 아니지요. 그런데 그 특파원들은 가정의 가장을 나라의 대표를 무시하고 욕하고 짓밟는 우리들의 모습을 긍정으로 볼까요? 부정으로 볼까요?

아울러 우리나라의 국격은 상승일까요 하락일까요? 그 7~80만이 대한민국을 칭찬하고 자랑해 주어도 모자랄 텐데 그 특파원들의 눈과 입을 통한 국격 하락은 나만의 지나친 염려와 부족한 생각일까요? 멀지 않은 옛날 저녁에 부부싸움을 하고 보니 방에서는 텔

레비전이 부서지고 부엌에서는 바가지가 깨지고 아침에 보니까 전부 우리 것이 깨졌더래요.

지금 우리나라 현상이 어떻습니까? 국력 낭비 그만하고 국격 하락하는 일 그만합시다. 우리가 외국에 나가 무시당하지 않고 대접받으려면 국격 올려야 합니다. 우리 모두 자중자애합시다.

와이로蛙利鷺

　고려시대 의종 임금이 야행을 나갔다가 깊은 산중에서 날이 저물었다. 요행히 민가를 하나 발견하고 하루를 묵고 가자 청을 했지만, 집주인 이규보 선생이 조금만 더 가면 주막이 있다고, 이야기하여 임금은 할 수 없이 발길을 돌려야 했다.

　그런데 그 집 이규보 대문에 붙어있는 글이 임금을 궁금하게 했다. 나는 있는데 개구리가 없는 게 인생의 한이다. 유아무아 인생지한唯我無蛙 人生之恨 도대체 개구리가 무엇일까? 한나라의 임금으로써 어느 만큼의 지식은 갖추었기에 개구리가 뜻하는 걸 생각해 봤지만, 도저히 감이 잡히지 않았다.

　주막에 들려 국밥을 한 그릇 시켜 먹으면서 주모에게 이규보 집에 관해 물어보았다. 그는 과거에 낙방하고 마을에도 잘 안 나오며 집안에서 책만 읽으면서 살아간다는 이야기를 들었다. 그래서 궁금증이 발동한 임금은 다시 그 집으로 찾아가 사정사정한 끝에 하룻밤을 묵어갈 수 있었다.

　잠자리에 누웠지만 주인의 글 읽는 소리에 잠은 안 오고 해서 면담을 신청했다. 그러고는 그렇게 궁금하게 여겼던 유아무아 인생지한이란 글에 대해 들을수 있었다. 옛날에 노래를 아주 완벽히 잘하는 꾀꼬리와 목소리가 아주 듣기 거북한 까마귀가 살고 있었는데 하루는 꾀꼬리가 아름다운 목소리로 노래하고 있는데 까마귀가 꾀꼬리한테 내기하자고 했다.

이 제안에 꾀꼬리는 한마디로 어이가 없었다. 노래를 잘하기는커녕 목소리 자체가 듣기 거북한 까마귀가 자신에게 노래 시합을 제의한다니 하지만 월등한 실력을 자신했기에 시합에 응했다. 그리고 3일 동안 목소리를 더 아름답게 가꾸자 하는 생각으로 더 노력하게 되었다.

그런데 반대로 노래 시합을 제의한 까마귀는 노래 연습은 안 하고 자루하나를 가지고 논두렁의 개구리를 잡으러 돌아다녔다. 그렇게 잡은 개구리를 백로한테 뇌물로 가져다주고 뒤를 부탁한 것이었다. 약속한 3일이 되어서 꾀꼬리와 까마귀가 노래 한 곡씩 부르고 심판인 백로의 판정을 기다렸다. 꾀꼬리는 자신이 생각해도 너무 고운 목소리로 노래를 잘 불렀기에 승리를 장담했지만

결국 심판인 백로는 까마귀의 손을 들어 주었다. 한동안 꾀꼬리는 노래 시합에서 패배한 이유를 알 수 없었다. 얼마 지나서 백로가 가장 좋아하는 개구리를 잡아다 주고 까마귀 뒤를 봐달라고 힘을 쓰게 되어 꾀꼬리 본인이 패배하게 된 원인을 알게 되었다.

어느 남자와 여자의 삶

　기구한 운명들이기에 그 사연을 여기에 적어 봅니다. 배 씨라는 어느 남자가 전북 익산에 살고 있었습니다. 그는 젊었기에 열사의 땅 사우디에 가서 돈을 벌어와 3형제의 자식들과 그런 데로 다섯 식구가 오붓하게 잘살고 있었다.

　그러던 중 뚜렷한 직업 없이 경기도 지방에서 술집을 전전하면서 지내고 있는 처제가 한 사람 있었는데 그는 언니에게 돈을 많이 벌 수 있는 데가 있다고, 충동질하였다. 이에 언니는 동생의 꼬임에 빠져 남편에게 그곳으로 이사를 하자며 자주 다투게 되었다.

　어쩔 수 없이 경기도 파주라는 곳으로 이사를 하게 되었으며 처제 말대로 술집을 인수 영업을 시작하게 되었다. 그러던 중 일 년도 안 되어 부인이 딴 남자와 바람이 들어 집을 나가게 되었으며 당연히 여자가 없으니, 영업이 부실하기 시작 하고 끝내는 영업을 못 하게 되었다.

　그러니 아이들 셋과 네 식구의 끼니가 간데없게 되어 국수한 다발로 하루씩을 연명해야 하는 어려운 처지가 되어 버렸다. 그는 나와는 이웃이었고 또한 같은 동향인으로써 형님 동생하고 지내는 처지라서 보고만 있을 수 없어 어느 날 그를 불러 앉혀놓고 이렇게 대책 없이 지낼 것인가?

어떤 길이 없겠는가 하고 물었더니 그가 하는 말이 어떤 여자가 한 사람 있는데 와서 도와주었으면 좋겠다는 바람이었다. 그래서 그 여자가 어디에 있는 누군가라고 물었더니 그 여자는 권 여사라는 것이다. 그 사람이라면 나도 알고 있는 사람이었다.

그 여자는 한동네에 있는 같은 업종의 업소에서 근무하다가 요즘 그 집을 그만두고 잠시 쉬고 있는 중으로 알고 있단다. 그래서 나는 그 여자를 설득해 보기로 마음먹고 다음 날 권 여사를 찾아가 자초지종 사정 이야기하고 도와 줄 것을 간절하게 청을 했다.

그랬더니 그녀가 하는 말 부인도 없는 집에 가서 어떻게 일할 수 있겠느냐고 나에게 반문하는 것이었다. 하기에 네 사람의 목숨이 걸린 문제라며 적극적으로 매달려 구원을 요청했다. 남의 일에 이렇게 매달려 사정해 보기는 내 생애에 처음 있는 일이었다.

그랬더니 마지못해서 하는 말이 그러면 노 선생님을 봐서 한두 달만 도와주겠다는 답을 얻었다. 그 길로 돌아와 배 씨에게 전해 주고 영업을 시작할 수 있도록 서두르라고 말해주었다. 다음날 권 여사가 나에게 찾아와 같이 배 씨 집으로 찾아갔다. 인사를 나누고 배씨가 나에게 하는 말이 영업을 당장 시작하려면 물건 받을 돈이 없단다.

하는, 수없이 주류회사에 연락해서 내가 책임을 지기로 하고 한 달간 물건을 대주기로 약속받았다. 이렇게 하여 어렵사리 가게 문을 열게 되었는데 이번에는 권 여사의 부탁 것이다. 영업장에 추가적인 전기시설이 필요하다는 말이다. 그래서 내가 알고 있는 전기업자에게 1개월 외상으로 내가 책임질 테니 요구대로 해주라고 부탁하여 추가 시설까지 해주었다.

그 후로는 영업을 계속 잘해가고 있는 것 같았다. 그래 나는 마음속으로 다행이구나!' 생각을 하게 되었다. 그렇게 지나던 중 영업을 도와달라고 부탁했었건만 2~3개월 사이에 두 사람 정분이 나서 서로를 사랑하게 되었으며 세 아이도 친자식들처럼 잘 따라주었다. 그 후 얼마쯤인가 영업을 잘하더니만 고향으로 내려간다고 이사를 했고 그 이후 나와는 결별하게 되었다.

그 뒤로 2년쯤인가 내가 고향을 다녀오는 길에 전북 익산에 그들이 사는 곳을 찾아갔다. 배 씨라는 남자는 없고 권 여사만이 나를 반겨주었다, 행색이 어렵게 지내고 있는 것 같았다. 손은 거칠고 얼굴엔 그늘이 역력했다. 그 모습을 보는 순간 나 때문에 이런 삶을 사는 것 같아 마음이 무척이나 아팠다.

그렇게 미안하다는 말을 남기고 돌아서려니 그가 하는 말 여기까지 오셨다가 그냥 가시면 제 마음은 어떻겠느냐는 말과 함께 점심을 먹고 가라는 것입니다. 그렇게 하는 수 없이 점심을 하기로 하고 마루에 걸터앉았습니다. 그리고 집 밖으로 나가더니 잠시 후 두부 한 모에 소주 한 병을 들고 와 밥을 지으려고 부엌으로 들어갔다.

잠시 후 바닥이 긁히는 독의 소리가 나의 귓전을 울리는 것이었다. 그때 그 심정은 겪어보지 않은 사람은 모를 것입니다. 그렇게 그런 점심을 얻어먹고 돌아서는 그 기분은 어렵게 사는 집에 여동생 시집보내 고생시키는 오라비의 심정이랄까요? 아니 훨씬 더 했습니다. 모든 것이 내 죄인 것만 같았습니다.

그렇게 편치 못한 마음으로 돌아온 뒤로는 연락이 끊겨 지금은 어떻게 지내고 있는지 궁금하기만 합니다. 참 권 여사라는 사람의 역사가 빠졌네요. 그는 경상도 여자로 육군 대위 군의관 출신으로 태권도도 유단자이다. 그는 중위 시절 계급이 대위였던 남자와 결혼해 가정을 꾸렸었는데 군의관으로 월남 전선에 파병 되어 그는 남편과 떨어져 지내게 되었었다.

그렇게 되어 떨어져 지내다가 파병 근무 기간을 마치고 귀국하게 되어 부산항에 도착 남편의 환영을 받을 생각으로 부푼 마음을 안고 귀국했는데 진정 기대한 사람은 보이질 않았다. 그래서 터덜대고 집으로 찾아가 보니 이럴 수가 자기가 있어야 할 자리에 딴 여자가 있는 거 아닌가!

그래서 그는 집으로 들어가지 않고 밖에서 남편을 불러냈다. 그때 깜짝 놀라는 남편 사유인즉 그녀가 월남에서 근무하는 임기 중에 전사 통지를 받았단다. 아마 동명이인이 있었던 것 같았다. 그래서 그 뒤 어머니의 주선으로 지금의 그 여자와 재혼하게 되었다고 말하더라는 것이다.

그녀는 그 말을 듣고 잘살아 가고 있는 이 가정을 깨지 말아야겠다는 생각으로 남이 된 남편에게 정은 둘이 아니라고 말해주고 내가 떠날 테니 잘살라는 말을 남기고 그길로 고향을 뒤로하고 경기도로 올라와 이곳저곳 전전하며 지내오다 위와 같은 새로운 과정을 거쳐 제2 역사의 장을 열었고 지금쯤은 그 어렸던 아이들과 화목한 가정에서 화려한 노후를 맞이하고 있지 않겠는가!

믿어 의심치 않는다. 부디 행복하기를 바라면서.

창조의 여신

평생을 남자의 손에 매달려 살지만 바로 그 남자를 낳는 것은 여자다. 광대무변廣大無邊한 세상에서 여자는 나약한 피조물에 불과하지만, 그런 미미한 몸을 갖고서도 여자는 또 다른 하나의 생명을 만들어 낸다. 이를테면 여자의 수태와 분만은 중대한 행위인 셈이다.

감히 또 하나의 세상을 만들려는 여자의 생리는 본디 창조를 전문으로 하는 하늘로부터 노여움과 시기를 받아 마땅할 것이다.

하늘은 당연히 10개월의 혹독한 시련을 주어 여자를 벌한다. 이때 여자가 하늘의 시련을 모면할 수 있는 길은 오로지 인내 한 가지뿐이다. 어리석게 하늘에 정면으로 맞서도 안되고 비겁하게 고통을 회피해서도 안 된다.

자기를 죽이고 하늘의 섭리인 대자연의 흐름 속에 자기를 온전히 내맡겨 순종함으로써 하늘에 감동을 주는 도리밖에 없다. 그러면 하늘은 여자의 노고를 가상히 여겨 마침내 허락을 내린다. 여자가 치러낸 인내의 희생이 크면 클수록 하늘은 상까지 덤으로 내려 잃은 것을 충분히 보상해 준다.

시련 앞에서 자기를 죽이고 스스로 고통의 명예를 떠맡았으나 그 명예를 여자는 그 대가로 또 하나 세상을 만드는 데 성공하고야 만다.

　바로 그것을 가리켜 여자의 승리라고 감히 말할 수가 있는 것이다. 결과적으로 남자를 이기고 대자연이나 하늘마저도 이겨 내는 것이다.

　(살아서는 강이다가 죽어서는 산이 되는 어머니)

부록 생활의 지혜

1. 가격표나 상표가 붙어있던 자리 : 식용유로 닦으면 된다.

2. 감자 싹 나는 것 방지법 : 사과를 하나 감자 사이에 넣어두면 감자 싹이 나는 것을 막을 수 있다.

3. 감자는 : 거울이나 유리에 기름때

4. 개미가 생기면 : 구석진 곳에 소금을 뿌려주면 퇴치하게 된다.

5. 거울에 김이 서릴 때 : 감자를 잘라 거울에 문지르고 하얀 전분을 닦아내면 더러운 것도 지워지고 김 서림도 방지된다.

6. 검은색 옷은 : 잘못 빨아 군데군데 얼룩이 지면 큰 통에 맥주를 붓고 얼룩진 옷을 헹구어주세요. 색상이 선명하게 살아나요.

7. 결명자 비린 냄새 없애는 법 : 결명자는 그냥 끓이면 비린내가 나기 때문에 기름 두르지 않은 프라이팬에 살짝 볶아서 사용한다.

8. 고기 냄새 없애는 법 : 고기를 재울 때나 양념할 때 계핏가루를 넣으면 고기 특유의 냄새가 빠져나간다.

9. 고사리를 삶을 때 쌀뜨물에 넣고 삶아보세요 : 고사리의 뻣뻣하고 질긴 맛이 없어진답니다.

10. 고추장 물이 든 그릇 깨끗하게 씻는 법 : 쌀뜨물에 담갔다가 씻어주면 새것처럼 깨끗해진다.

11. 구두를 닦을 때 윤이 잘 안 나면 : 구두약을 바른 후 가스 불에 닿지 않도록 살짝 불에 쬐어주세요.

12. 국수 삶은 물은 : 국수 삶은 물은 식혀서 화분에 부어 주면 잡초를 제거할 수 있어요. 지난 우유는 가구 닦아주면 좋다.

13. 귤을 보관하기 힘들 때 : 소금물에 귤을 한번 씻어 보관하면 농약도 제거되고 오랫동안 보관이 가능하다.

14. 기름때 유리나 거울에 기름때 : 감자를 잘라 문질러 준다 *소주는 냄비의 탄 바닥 *식초는 냄새가 밴 펜을 닦아준다.

15. 손에 묻은 기름때가 안 지워진다고요 : 커피 찌꺼기를 넣어 스펀지로 문지르고 더운물로 헹구거나 소주를 뿌려 닦으면 기름때가 없어짐

16. 기름때를 없애려면 : 비누로 손을 씻은 후 설탕을 손에 묻혀서 몇 번 비벼보자 말끔하게 기름때가 빠진다.

17. 기름이 아깝지요 : 커피 필터로 한번 거르고 사용하세요 마늘과 생강 한 쪽씩을 넣으면 냄새까지 없어져요.

18. 김 눅눅해지지 않게 보관하는 법 : 신문지에 김을 넣고 공기가 안 통하도록 잘 싼 후에 다시 비닐 팩에 넣어서 냉동실에 보관한다.

19. 김치 물이 들었어요 : 쌀뜨물로 하루만 담가 두어 보세요. 아니면 치약으로 닦으시면 좋아요.

20. 김치를 덜 시게하는 방법 : 김치 한 포기에 날달걀 2개 정도 신 김치 속에 파묻었다가 12시간쯤 지나서 꺼내면 신맛이 덜하다.

21. 김치찌개를 하는데 신김치가 없다 : 덜 익은 김치로 찌개를 끓 이고 다 끓었을 때 식초 반 숟가락을 넣어 보세요.

22. 김치통 냄새 제거법 : 팔팔 끓인 물에 주방세제를 조금 풀어 거 품을 낸 후 김치통에 가득 채워 하룻밤 자고 헹구어 냄

23. 꿀을 떠낼 때 흐르는 것이 싫지요 : 꿀을 뜨기 전에 수저를 뜨 거운 물에 담갔다가 사용하세요.

24. 냄새를 제거하려면 : 쌀뜨물을 이용 하룻밤 정도 용기에 담아두 었다가 다음날 씻어서 햇볕에 말려주면 깨끗하다.

25. 냉동실에 보관한 아이스크림 맛이 없다. : 표면을 빤빤하게 하여 랩을 씌워 보관하면 냉장고 냄새가 젖어 들지 않아 괜찮다.

26. 냉이 손질하는 법 : 냉이는 잔뿌리를 제거한 후 물에 담가 흙을 가라앉히고 맑은 물에 살살 흔들며 여러 번 헹군다,

27. 냉장고 냄새 : 소주병을 뚜껑을 연체 냉장고에 넣어주어도 좋 아요.

28. 냉장고 냄새 제거하는 법 : 시들어버린 쑥을 비닐봉지에 담아 입구를 벌려 냉장고에 넣어두면 냉장고 냄새를 제거한다.

29. 냉장고의 냄새를 없애려면 : 떡갈나무 잎을 물에 적셔서 냉장고 바닥에 깔아주거나 원두커피 찌꺼기를 놓아두면 좋아요.

30. 넘치는 냄비에 : 나무 주걱을 올려놓는다.

31. 농약 제거에 효과적인 녹차 : 녹차를 끓이고 건져 놓은 것을 보관했다가 재탕으로 우려낸 물에 헹구면 된다.

32. 누룽지를 만들 수는 없나! : 취사를 눌러 밥이 다 돼서 보온으로 넘어가면 잠시 후에 다시 취사한다.

33. 날, 달걀과 삶은 달걀 구분법 : 평평한 장소에서 달걀을 세워 돌렸을 때 계속 돌면 삶은 것이고 그렇지 않으면 날, 달걀이다.

34. 달걀 삶는 법 : 알루미늄 호일로 단단히 싸서 밥솥에 넣어야 하며 감자나 고구마도 같은 방법으로 삶아도 된다.

35. 달걀 지단이 자꾸 찢어져요 : 달걀을 풀 때 녹말가루를 조금 넣어 보세요. 얇게 부쳐지고 찢기지 않아요.

36. 달걀을 놓쳐 바닥에 깨졌다면 : 밀가루를 뿌려 닦으면 깨끗이 닦을 수 있습니다.

37. 달걀을 삶는 법 : 달걀을 삶기 1시간 전 실온에 두었다. 소금을 약간 넣어주거나 식초를 몇 방울 떨어 뜨리 거나 레몬 한 조각을 넣어주면 터지지도 않고 잘 삶아진다.

38. 닭 비린내 없애려면 : 생닭을 우유에 넣었다가 하면 비린내는 물론 맛도 담백해진다.

39. 더덕 껍질 벗기는 법 : 더덕을 끓는 물에 재빨리 데쳐서 찬물에 담가 껍질을 까면 쉽게 까고 색채도 묻어나지 않는다

40. 도라지 쓴맛 없애는 법 : 요리를 하기 전 도라지를 따뜻한 소금물에 넣고 여러 번 주물러 씻어주어야 쓴맛이 사라진다.

41. 돌나물을 싱싱하게 : 시든 돌 나물을 싱싱하게 먹고 싶다면 얼음물에 잠깐 담그면 파릇파릇 싱싱해진다.

42. 동치미에 곰팡이가 피었어요 : 동침을 담고 돌을 얹기 전에 배 껍질을 얹어주면 나중에 껍질을 걷어내면 배 껍질에 묻어나온다.

43. 돼지고기 요리할 때 : 커피 한 숟가락 넣어주면 잡냄새를 말끔히 없애준다.

44. 된장이 오래되어 맛이 없어졌다면 : 멸치 머리와 고추씨를 바싹 말려 가루로 빻아 섞어주세요. 바퀴벌레가 없어집니다.

45. 두부가 쉽게 상해요 : 살짝 데쳐서 냉장고에 보관하세요. 쉽게 상하지 않아요.

46. 딸꾹질은 : 혀를 잡아당겨 신경에 자극을 주면 멈추게 된다.

47. 떡을 써는데, 칼에 붙어요 : 칼에 랩을 씌우거나 떡에 씌우고 잘라 보세요

48. 라면의 느끼한 맛 없애는 방법 : 술을 서너 방울 넣거나 미역을 넣고 끓이세요.

49. 마 가렵지 않게 껍질 벗기는 법 : 마를 만지기 전에 식용유를 손안과 등에 골고루 바르고 벗기면 손 피부가 가렵지 않다.

50. 마늘을 빻아 보관할 때 : 위에 설탕을 살짝 뿌려두면 마늘 색이 변하지 않는다.

51. 마늘을 쉽게 까는 법 : 마늘 뿌리 부분을 0.5mm를 자릅니다. 전자레인지에 마늘을 넣고 30초가량 돌립니다. 꺼내서 머리만 살짝 눌러주면 마늘 알맹이가 쏙 빠집니다.

52. 마요네즈 악취 제거 : 마요네즈에 악취 간장을 한 방울 넣어주면 되고 여름에만 냉장고 문 쪽에 그 외에는 실온이 좋다.

53. 메밀가루 반죽하는 법 : 메밀가루는 끈기와 탄력이 부족해 이럴 때는 전분이나 달걀 흰자위를 살짝 섞어주면 잘 뭉친다.

54. 매직펜을 쓰는 화이트보드는 오래 쓰면 얼룩이 잘 지워지지 않는다 이럴 때는 : 모기약을 뿌리고 티슈로 닦아내면 깨끗해진다.

55. 매콤한 요리할 때는 : 탄산음료를 조금 넣어준다.

56. 맥주 그냥 버리지 마세요 : 맥주 한 모금 정도로 화초잎을 닦고 반컵 정도로 냉장고 안팍을 청소해 보세요

57. 맥주 이용 : 비린내 나는 생선은 맥주에 10분쯤 담가놓았다 마른 수건으로 닦아준다. 또는 가스레인지 청소할 때 이용하세요

58. 먹다 남은 과자는 : 봉지에 각설탕을 넣어 보관하면 눅눅해지는 것을 막을 수 있다.

59. 먹다 남은 햄 보관 : 먹다 남은 햄과 소시지는 잘라 낸 자리에 식초를 묻힌 뒤 랩으로 싸두면 좋다.

60. 무슨 물질이 목에 걸렸을 때 : 양팔을 머리 위로 들어 올린다.

61. 무 속이 비어 있는지 감별법 : 무 잎을 그 단면이 파랗고 생기가 있으면 속이 꽉 찬 것이고 단면이 하야면 속이 빈 것임

62. 묵 싱싱하게 먹는 법 : 남은 묵이 말라버렸을 때는 살짝 데치기만 하면 새로 한 묵처럼 말랑말랑 꼬들꼬들해집니다.

63. 주전자에 물때가 끼면 : 보리차를 끓일 때 찻잎을 한 줌 넣어주면 물때가 끼지 않는다고 녹차 티백 기름기 있는 그릇이나 프라이팬을 닦으면 깨끗이 닦인다.

64. 물병을 씻을 때 : 굵은소금과 약간의 물을 넣어서 마구 흔들어줘요. 그리고 한 번 더 행구어주면 아주 깨끗하다.

65. 바나나 변색을 방지 보관법 : 바나나는 레몬즙을 바르면 변색을 막을 수가 있고 껍질 벗겨 비닐봉지에 싸서 냉동실에 넣어둔다.

66. 바퀴벌레가 생기면 : 가을 은행잎을 모아 담은 비닐봉지에 구멍을 뚫어 집안 곳곳에

67. 발이 저릴 때는 : 발을 X자로 교차하고 30초 정도 꿇었다 일어나면 저림이 살아진다.

68. 밥 보관 : 남은 밥을 1회분씩 나누어 랩이나 팩에 담아 밀폐한 뒤 냉동시키면 밥맛이 변하지 않는다.

69. 밥이 되다고요 : 밥 위에 젓가락으로 구멍을 내고 정종 몇 방울을 떨어뜨린 뒤에 보온으로 잠시 두어 보세요

70. 방충망에 낀 먼지 털어내기 : 마른 스펀지로 살살 문질러 주면 쉽게 청소할 수 있다.

71. 벽지에 기름이 튀거나 잡티가 묻었을 때 : 분첩에 땀띠 분을 묻혀 기름이 묻은 부분을 두들긴 다음 깨끗한 헝겊에다 땀띠약을 발라 닦아내면 깨끗해져요.

72. 변기가 막혔을 때 : 샴푸 몇 방울을 떨어뜨린 뒤 30분 뒤 물을 내리면 뚫려요.

73. 변기의 때 : 콜라를 부어 준다.

74. 보리밥 짓는 법 : 보리를 먼저 삶아서 물을 쪽 뺀 다음 쌀과 함께 밥을 지으면 부드럽고 맛이 있다.

75. 보리차 : 끓인 후에 재빨리 식혀야 고유에 보리 향을 유지하기 위하여 소금을 조금 넣어주면 향이 더욱 진해집니다.

76. 보리차 끓인 티백 : 양념이나 기름기가 묻은 냄비나 그릇을 닦아주고 설거지하면 훨씬 잘 닦이고 편리하다.

77. 볼펜 자국 : 물파스로 문질러 주면 지워진다.

78. 볼펜을 오랫동안 사용치 않아 잉크가 잘 안 나올 때 : 볼펜의 끝부분을 뜨거운 물에 담갔다가 찬물에 적셔 쓰면 잘 나온다.

79. 부추 보관하는 법 : 부추가 시들었다면 찬물에 담가만 두면 다시 싱싱해진다.

80. 북어 보관하는 법 : 북어와 건조된 녹차잎을 함께 보관하면 방습과 방충을 막을 수 있다.

81. 불면증 때문에 고민하시는 분에게 : 머리맡에 양파를 놓고 잠을 자보세요.

82. 비누 걸이가 자꾸 떨어져요 : 뜨거운 물에 담가 두었다가 붙이면 오래가요.

83. 비디오 화질이 나빠진 비디오테이프 : 비닐봉지에 꽁꽁 묶어 냉동실에 15분 정도 넣어두었다가 사용하면 몰라보게 화질이 좋아진다.

84. 빗자루를 오래 사용하다 보면 한쪽으로 쏠려서 : 이럴 때는 소금과 물을 10대1의 비율로 섞어 20분 정도 담가 두었다가 충분히 말려서 사용한다.

85. 빨래. 흰옷을 빨래할 때 : 가루세제와 함께 주방세제를 조금 넣어 세탁하세요.

86. 삶을 때. 흰옷을 삶을 때 : 식초를 몇 방울 넣고 삶으면 표백도 살균도 일거양득이다.

87. 상추를 말려 가루로 만든 후 : 치약에 묻혀 이를 닦으면 새하얀 치아를 얻을 수 있다.

88. 상추를 싱싱하게 만드는 법 : 차가운 얼음물에 잠시 담가만 주면 다시 파릇하게 싱싱해진다.

89. 상한 우유로는 : 가죽 소파 구두 등을 닦고 방바닥의 볼펜 자국
    은 물파스로 닦으면 된다.

90. 색바랜 흰색 양말 구하기 : 레몬껍질 두어 조각을 물에 넣고 같
    이 삶으면 양말이 새하얗게 돼요.

91. 생선 비늘 벗길 때 : 칼 대신 숟가락이나 무를 어슷하게 잘라
    비늘을 긁어내면 된다.

92. 생선 비린내가 밴 프라이팬 : 간장 한 방울을 떨어뜨려 불에 달
    구면 비린내가 없어져요.

93. 생선튀김을 할 때 비린내를 없애고 싶다면 : 생선을 미리 녹차
    우린 물에 담갔다가 요리하세요.

94. 생화를 오래 꽂아 두고 싶으면 : 꽃병 속에 표백제를 한두 방울
    떨어뜨려 보셔요. 소다수를 넣어 꽃을 꽂아준다.

95. 설탕을 사용하는 방법 : 굳어있는 봉지째 햇볕에 놓았다 부수면
    되고 그릇에 담겨있는 것은 식빵 조각을 잠시 넣어준다.

96. 설탕통에 개미 없애는 방법 : 통의 중간쯤에 고무줄을 몇 겹 감
    아주면 개미가 얼씬도 못 한다.

97. 소금에 습기가. : 소금에 이쑤시개를 7~8개 넣어주면 습기를 빨
    아 들여 눅눅지 않다.
98. 소금을 너무 많이 넣어 음식이 짜면 : 식초 몇 방울을 떨어뜨려
    보시고 음식 맛이 너무 시다면 소금을 조금 넣어 보세요.

99. 소주는 : 냄비의 탄 바닥 식초는 냄새가 밴 펜을 닦는다

100. 손에 묻은 잉크 : 귤껍질의 즙을 이용해 지울 수 있다.

101. 술을 마신 다음 날 단감을 드세요 : 단감의 타닌 성분이 교감 신경의 흥분을 억제해 주고 머리를 맑게 해준다.

102. 스마트폰으로 노래를 들을 때 : 사기그릇 속에 넣어두고 들으면 소리를 크게 들을 수 있다.

103. 스타킹도 오래 신으면 발냄새가 난다. : 물에 식초 몇 방울을 타서 스타킹을 빨면 말끔히 발냄새가 없어진다.

104. 시금치 풋내 없애는 방법 : 시금치를 데칠 데 물 다섯 컵 정도에 설탕 한 숟갈 정도의 비율로 넣고 데치면 풋내가 사라진다.

105. 식빵 : 사이사이에 새 식빵을 끼워주면 새 식빵처럼 된다.

106. 식빵 자르는 방법 : 칼을 달구어 세로면은 위로 향하게 하고 안쪽에서 바깥쪽으로 향해 자르면 깨끗하게 잘린다.

107. 식초 맛이 너무 강할 때 : 음식에 식초가 너무 많이 들어갔을 때 술과 설탕을 조금 넣어주면 신맛을 덜 느끼게 된다.

108. 쌀 냄새 제거 : 저녁에 식초 한 방울을 떨친 물에 쌀을 담갔다가 씻어 물기를 빼놓은 다음 날 한 번 더 헹구어 밥을 지으면 냄새가 나지 않는다.

109. 쌀벌레가 생기는 막는 법 : 쌀통에 붉은 고추나 마늘을 넣어두

면 쌀벌레가 없어진다.

110. 쓰레기봉투가 차지 않아 두고 있을 때 냄새 날 때 : 신문에 물
을 적셔 위에 덮어준다.

111. 씀바귀 보관 방법 : 젖은 신문지에 씀바귀를 싸서 봉지에 넣고
공기를 불어 넣어 냉장 보관을 하면 오래도록 싱싱하다.

112. 아이스크림도 : 10초면 부드러운 아이스크림이 됩니다.

113. 안경에 김이 서려 곤란할 때 : 렌즈에 비누칠하고 닦아준다. 샴
푸를 몇 방울 떨어 뜨러 닦아주어도 효과가 있다.

114. 액세서리 손질법 : 금은 우유를 미지근하게 데운 후 10분 정도
담가두었다가 물로 헹군 후 부드러운 천으로 닦아주고 큐빅은
칫솔로 살살 문질러 때를 제거하고 은은 미지근한 물에 치약을
풀어놓아 담가두었다가 칫솔로 문질러요. 레몬 조각으로 문질
러주고 물로 헹구어 낸 후 천으로 닦아내도 돼요.

115. 양배추 잎을 쉽게 뜯으려면 : 양배추의 중심 부분을 파내고 뜨
거운 물을 부으면 쉽게 뜯어낼 수 있다.

116. 양파 쉽게 까기 : 양파를 잠시 물에 담가 두었다 꺼내서 살짝
만 껍질을 문질러도 손쉽게 벗길 수 있어요.

117. 얼룩이 지우기 : 풀 얼룩 식초, 과산화 수소, 립스틱—면도용
크림, 레드와인 백포도주, 기름때 주방용 세제, 커피, 배아랑
소다, 김칫국물·주방세제, 볼펜 —물파스 땀 —레몬, 잉크 우
유, 파운데이션 마요네즈 곰팡이 과산화 수소,

118. 열쇠 구멍이 **빡빡할** 때 : 연필심 가루를 열쇠에 고루 묻어 주면 부드러워진다.

119. 오징어튀김을 한다고 끓는 기름 속에 : 오징어를 그대로 넣었다가는 기름이 튀어 오른다. 튀김 전에 오징어를 썰어서 우유에 잠깐 담가두면 우유의 단백질이 오징어 표면에 피막을 만들어 영양가도 높아지고 기름도 튀지 않는다.

120. 옥수수 보관은 : 모두 삶아서 냉동실에 넣어두고 먹을 때 쪄서 먹으면 오래 두고 먹을 수 있다.

121. 옷에 껌이 붙었을 때 : 얼음을 껌 위에 올렸다 떼어내면 된다.

122. 옷을 **빨** 때 : 식초나 소금을 약간 넣고 30분 정도 완전히 잠기도록 두었다가 세탁기에 넣으세요.

123. 와이셔츠 깨끗하게 빠는 법 : 우선 목과 소매 부분 안쪽에 샴푸를 바르고 세탁하세요. 빨래가 마른 뒤 그 부분에 땀띠약을 뿌리면 땀띠약 입자에 때가 묻어 찌들지 않게 되지요.

124. 와이셔츠 소매와 깃의 때 : 누렇게 변한 자리에 치약을 묻히고 1시간 정도 두었다가 세탁기에 넣는다.

125. 우유가 상했는지 알아보려면 : 물에 한 방울을 떨어뜨려 우유가 퍼져 섞이면 상한 거고 아래로 가라앉으면 신선한 거라네요.

126. 우표 잘 못 붙인 우표 : 냉각통에 잠시 넣었다가 떼면 된다.

127. 유리창에 페인트가 묻는 것을 방지하려면 : 유리창에 비눗물을

미리 묻히세요. 나중 걸레로도 잘 닦입니다.

128. 은 알레르기가 있는 사람은 : 귀걸이에 투명 매니큐어를 바르
세요. 가렵지 않아 안심하고 사용할 수 있어요.

129. 잉크와 얼룩은 : 하룻밤 동안 우유에 담가두었다가 빨면 깨끗
이 없어진다.

130. 잔이 깨졌어요 : 뜨거운 물을 붓기 전 쇠 수저를 넣어두고 부
어 주세요.

131. 전자레인지 청소는 : 물을 8분간 돌려 수증기 만들어 준 후 행
주로 닦아주면 됩니다.

132. 전자레인지에 냄새가 나요 : 아무것도 넣지 말고 데우세요. 그
래도 냄새가 나면 레몬껍질을 넣고 데우세요.

133. 주먹밥 만들 때 모양잡기 어려워요 : 비닐봉지 모서리를 이용
하세요.

134. 주차위반 스티커 자국은 : 모기약을 뿌려 닦아주고

135. 쥐가 날 때 : 왼발에 쥐가 나면 오른손을 오른발에 쥐가 나면
왼손을 가슴이 답답할 때는 양손을 버쩍 들어준다.

136. 짠 음식을 약하게 만드는 법 : 다 만들어진 음식이 너무 짤 때
식초 몇 방울을 떨어뜨리려 주면 짠맛을 약하게 만들어 준다.

137. 찌꺼기 사용법 : 원두커피 찌꺼기를 잘 말려두었다가 신발장이

나 싱크대나 재떨이에 깔아두면 냄새가 제거돼요.

138. 차에 꿀을 넣었는데 하얗게 변했을 때 : 레몬을 조각내어 넣어
보세요

139. 채소를 싱싱하게 하려면 : 큰 그릇에 물을 넣고 식초 조금과
각설탕 두 조각을 채소에 담가 주면 싱싱해진다.

140. 청양고추 만진 후 매운 기운 없애는 법 : 청양고추를 만진 후
손이 매울 때 쌀뜨물로 씻어주면 매운 기운이 사라진다.

141. 초고추장을 만들 때 : 되직하다 싶으면 물 대신 사과를 갈아서
넣거나 사이다를 조금 넣어주세요

142. 초콜릿 활용법 : 우유에 넣어 녹이면 훌륭한 코코아가 만들어
집니다.

143. 치즈 보관 : 먹다 남은 치즈의 마른 부위에 우유를 묻히고 랩
에 싸서 전자레인지로 살짝 가열해 주면 맛이 좋아진다.

144. 케이크가 남았어요 : 남은 케이크를 냉동실에 넣어두면 2.3일
뒤까지 괜찮고요. 먹기 한 시간 전의 냉동실에서 꺼내놓는다

145. 콜라 미지근한 콜라는 : 종이행주에 싸서 냉장고에 15분가량
넣어두면 훨씬 빨리 시원해진다.

146. 콩 부드럽게 먹는 법 : 콩을 삶을 때 천연염 1%를 첨가하면
먹기 좋게 부드럽고 소화 흡수율에도 도움을 준다.

147. 콩 불리기 : 내열 그릇에 콩이 잠기게 물을 부어 전자레인지에 6분 정도 가열해요.

148. 콩나물밥 짓는 법 : 밥을 뜸 들일 때 콩나물을 넣어야 아삭한 맛도 살리고 비타민C의 손실을 최소화할 수 있다.

149. 콩나물에 힘이 없다 : 찬물에 2~3번 헹구어 양념하세요. 며칠 동안 아삭아삭해요.

150. 튀기는데 기름이 튀어요 : 들나물이나 생선을 튀길 때 기름에 소금 한 줌을 넣으세요. 특히 생선은 양쪽 끝에 밀가루를 묻히고 하면 튀지 않는다.

151. 팔꿈치와 무릎이 검게 변했을 때 : 레몬 조각으로 문지르면 깨끗해진다.

152. 포도 씻기 힘들다고요 : 포도를 씻을 물에 숯을 담갔다가 씻으세요. 숯은 흡착력이 강해 농약을 잘 빨아들입니다.

153. 표고버섯 밥 짓는 법 : 말린 표고버섯을 물에 불린 후 우려낸 물을 버리지 말고 밥물로 사용하세요.

154. 풋 매실인지 먹어도 되는 매실인지 구분법 : 칼로 잘라보아 씨 때문에 절반으로 갈라지지 않으면 먹어도 되고 쉽게 씨까지 잘리면 먹지 말 것

155. 프라이팬에 음식이 붙어요 : 소금을 검게 될 때까지 구우시고 닦아내신 후에 기름을 두르고 해보세요.

156. 피 묻은 옷은 : 소금물에 담갔다가 세탁하세요.

157. 하수구 막혔을 때 : 굵은소금 한 줌을 넣고 조금 있다가 뜨거운 물을 부어 준다.

158. 행주를 매번 삶으려면 번거로울 때 : 행주를 세제로 빤 후의 가스레인지에 2분 정도 돌려준다.

159. 향수를 알뜰하게 사용하는 법 : 머리를 감고 마지막 헹구는 물에 향수를 한 방울 첨가하면 그 향이 종일 갑니다. 그리고 편지지가 들어있는 서랍이나 옷장에 넣어두어도 좋습니다.

160. 햄의 첨가물 제거 : 요리할 때 섭씨 80도의 물에 1분간 담가두면 첨가물의 80%가 녹아 나온다.

161. 현미밥 짓는 법 : 일반 백미 밥보다 물을 30% 더 넣어 지으면 밥이 물러져서 먹기가 수월해진다.

162. 호두 쉽게 깨는 법 : 호두를 소금물에 하룻밤 정도 담가두면 껍데기는 잘 부서지고 알맹이는 갈라지지 않아 좋다.

163. 화분에 심놓은 식물이 마르거나 잘 자라지지 않을 때 : 마늘 반 통 정도 으깨어 두 컵 분량의 물에 희석시킨 후 뿌려주면 잘 자란다.

164. 흰 빨래 : 달걀 껍데기를 같이 넣고 삶는다

165. 흰옷과 색깔 있는 옷을 함께 삶을 때 : 흰옷을 비닐봉지에 넣어 봉한 후 색깔 있는 옷을 덮어서 삶으세요. 흰옷의 신화도

막고 시간도 절약 흰옷을 삶을 때 식초를 몇 방울 넣고 삶으면
표백도 살균도 일거양득이다.

노희남 수필집
편도의 여행길

인쇄 2024년 10월 010일
발행 2024년 10월 09일

지은이 노희남
편집인 김기진
펴낸곳 문예출판
등록번호 제2014-000020호

14647 경기도 부천시 원미구 소사로327번길 44, 1층 1호
　　　Mobile : : 010-4870-9870
　　　전자우편 : 1947kjk@naver.com
9979-11-88725-43-4

값 10,000원